www.bbulmedia.com

BBULMEDIA

www.bbulmedia.com

# 운명을
## 바꾸다

# 운명을
## 바꾸다

1판 1쇄 찍음 2014년 4월 24일
1판 1쇄 펴냄 2014년 4월 29일

지은이 | 어둠의 조이
펴낸이 | 정 필
펴낸곳 | 도서출판 **뿔미디어**

편집장 | 이재권
기획 · 편집 | 윤영상

출판등록 | 2002년 9월 11일 (제1081-1-132호)
주소 | 경기도 부천시 원미구 상동로 117번길 49(상동) 503호 (우)420-861
전화 | 032)651-6513 / 팩스 032)651-6094
E-mail | bbulmedia@hanmail.net
홈페이지 | http://bbulmedia.com

**값 8,000원**

ISBN 979-11-315-1132-9 04810
ISBN 978-89-6775-923-0 04810 (세트)

BBULMEDIA FANTASY STORY

# 운명을
# 바꾸다

**5**

〈완결〉 어둠의 조이 퓨전 판타지 소설

contents

1.

악적을 거두다

"뭐라! 전격의 공작이 패배해?"

"사, 사실이옵니다, 폐하."

"허허, 놀랍도다. 여명의 여제가 그리도 강했단 말인가."

"송구하오나 전격의 공작과 싸운 건 여명의 여제가 아니라고 하옵니다."

"뭐시라? 그게 무슨 말장난인가. 그럼 마카로니 제국의 기둥이라 불리는 천하의 전격의 공작이 어중이떠중이와 붙어, 졌다는 말인가?"

"그게 아니옵고, 전격의 공작과 대결한 건 피스트 마스터라 하옵니다."

"피스트 마스터? 그래, 들어 보았다. 분명 최근 여덟 번째 소드 마스터로 알려진 일격의 주먹이 아닌가! 이건 놀랍구나……! 그 말이 진정 사실이냐!"

"조금 전 수정구를 통해 전해 들은 정보이오니 틀림없는 사실이옵니다, 폐하."

"허허허, 만약 이 얘기가 정녕 사실이라면 이거 한동안 대륙이 떠들썩해지겠구나."


"자네 그 소문 들었나?"

"세상에 천하의 영웅인 전격의 공작을 주먹으로 이겼다지?"

"저기저기, 그 소문 들었어요?"

"어머머, 알다마다요! 온 동네에 소문이 파다하던걸요?"

"피스트 마스터의 주먹은 속도가 얼마나 빠른지 휘두르면 손이 열 개인 것처럼 보인다지 뭔가."

"자네, 요새 검은 왜 안 차고 다니나?"

"이런 거 무겁기만 하고 쓸모없어! 나는 이 주먹이면 된다고! 누구는 그 무서운 전격의 공작도 주먹으로 이겼다지 않는가!"

"호외요! 호외! 전격의 공작을 이긴 여덟 번째 소드 마스터 일격의 주먹 최근 소식입니다!"

"맨손 격투의 달인이 되고 싶다면 이리로 오십시오! 그 일격의 주먹도 인정한 저희 무술도장에서는……."

"이것 좀 보고 가시구려! 여기 이 청년 초상화가 바로 일격의 주먹이라오! 잘생기지 않았소? 내 단돈 1실버에 넘기리다!"

"어째서 윈덜트 가문에선 무도회를 열지 않는 거람! 대체 초대장은 언제 날아올까."

"아가씨, 무리예요. 저번에 그리에라 자작가 영애를 헐뜯다 그분에게 무시당하셨잖아요."

"그분은 과묵하고 조용한 성격이라 분명 나를 어찌 대해야 할지 몰라서 쑥스러워하신 게 틀림없어."

"천하의 망나니 자식이라고 하실 때는 언제고."

그 일이 있은 후, 놀랄 정도로 소문은 빠르게 확산되었다.

다른 제국, 왕국은 수소문해 나와 은밀한 만남을 기약하길 바랐으며 몇몇은 대놓고 포섭해 오기도 했다. 그나마 다른 나라라 이 정도지 우리 제국 내에선 왕족, 귀족, 상인, 심지어 듣도 보도 못한 길드에서까지 찾아와 정말 말도 못할 정도로 나를 옭아맸다.

아, 물론 이 정도로 끝이 아니다. 제국 내를 떠나 저 멀리 동부 지역 마을까지 파다하게 소문이 퍼져 어딜가든 '피스트 마스터', '일격의 주먹'이란 단어를 붙이며 입에 오르내렸으며 펍에선 맥주 한잔 거하게 마신 용병들이 앞으로 주먹을 사용할 거라며 호탕하게 주먹질했고, 정보 길드에선 연신 호외를 외치며 나에 대한 정보를 팔아 댔을 뿐만 아니라 어느 무술가는 내 이름까지 팔아 가며 회원을 모집할 정도였다.

그것뿐인가? 지금 내 방은 선물과 외부에서 보내 온 초대장, 그리고 연애 편지로 가득찬 상태다.

이건 처음 소드 마스터가 될 때하곤 차원이 다르다. 그때는 그냥 커피라면 이건 TO…… 그만두자.

"이얏! 받아라!"

"아얏! 치사하다! 뒤를 치다니!"

"으하하하! 내가 그 유명한 전격의 공작이다! 지금이다! 몰아붙이자!"

"기다려라! 목검은 필요 없어! 내가 바로 피스트 마스터다! 받아라, 일격의 주먹!"

"우와아아아! 피스트 마스터다!"

"도망가!"

부탁이야. 꼬마들아 부끄러우니까 제발 그런 전쟁놀이는 그만둬!

내가 절망해 손으로 이마를 짚자 옆에 따라다니던 린과 이세트가 숨죽여 웃었다.

지금 나는 평민 복장으로 갈아입고 린과 이세트와 함

께 도시 거리로 나왔다.

어째서냐고 묻는다면 그 전부가 내 탓이다. 그래, 전부 내 잘못이요.

"어머, 저기 봐! 저분 혹시 그분 아냐?"

움찔.

"에이, 아니겠지. 그 유명하신 분이 왜 이런 거리에 있 겠어."

"그래도 닮은 것 같은데…… 저 봐, 옅은 갈색머리에 푸른 눈동자. 게다가 저 하늘빛 건틀렛까지. 소문의 그분 맞잖아!"

움찔움찔.

"요새 그분을 따라하는 용병들이 얼마나 많은데. 게다 가 대귀족가의 도련님이 호위 하나 없이 저런 복장으로 이런 누추한 거리를 왜 걸어 다니겠어?"

"하긴…… 보통은 마차를 타고 이동하겠지."

난 최대한 평정심을 고수하며 빠른 걸음으로 자리를 벗어났다.

이봐, 거기 두 아가씨. 이제 그만 좀 웃지?

"으아, 이제 더 이상 못 걷겠어. 이러려고 나를 여기에 데려온 거야?"

"크흐흐흣, 설마요. 그럴 리, 으흣! 없잖아요."

"리, 린 언니 저는 더 이상 못 참겠어요! 아하하하하!"

그만 웃으라고 했지.

난 일그러지는 얼굴을 가까스로 붙잡았다. 하지만 볼살이 조금 떨리는 건 막을 수 없었다.

"어때요, 하룬. 이제 확실히 피부로 느껴지시죠?"

이제 하룬이란 말이 익숙해진 린이 웃음을 감추며 말했다. 그래, 덕분에 너무도 잘 알겠다. 지금 내가 어떤 상황에 처해 있는지를.

"이것 때문에 날 이런 거리로 끌고 나온 거야?"

"그럼요! 저희 영지에서도 지금 얼마나 난리가 났는데요! 그 주인공이 제가 따르는 하룬이라는 게 얼마나 기쁜지 제가 다 뿌듯하더라니까요?"

린은 정말 기쁜지 연신 웃으며 말하다 갑자기 표정을 굳혔다.

"하지만 제게 아무런 말도 없이 위험한 짓을 벌인 건 아직도 속상해요. 조금 정도는 제게 상의해 줘도 되잖아요."

"맞아요! 저한테도 아무 말도 없고! 오라버니는 너무 제멋대로예요!"

"미, 미안하다니까. 그땐 경황이 없었다고 말했잖아. 자자, 사죄에 의미로 오늘은 둘한테 시간을 투자한다고 약속했으니까 어디든지 가자."

"정말이죠? 그럼 일단 드레스부터 보고 싶어요!"

"린 언니, 이번에 귀한 장신구가 들어왔다는 소문을 들었어요!"

언제 그랬냐는 듯이 다시 밝아진 둘.

하아, 정말이지 여자란 알 수 없다니까.

난 앞장서 나아가는 둘을 바라보다 하늘을 올려다보았다.

그날 이후, 약속했던 맹약에 따라 귀족의 대결에서 승리한 제스필드 황자는 정식으로 태자에 봉해져 황제를 대신해 섭정할 수 있었고, 이그스타인 황자와 그를 따르는 추종자들은 전부 자베린 궁이라는 곳에 유폐되었다.

난 당시 유폐당하던 이그스타인 황자가 내게 했던 말이 아직도 잊혀지지 않는다.

난 그가 나를 증오할 줄 알았다.

그에게 있어서 난 모든 일을 수포로 만든 당사자였으니까.

하지만 그는 날 보며 웃었다.

비웃음 같은 게 아니라 진심으로 기쁘다는 듯이 웃었다.


"자네 같은 위인이 우리 제국에 있었다니. 그야말로 흥복이로다. 하하하하!"

어찌 보면 그는 황제가 되지 못한 자신보다도 이 나라를 더 생각한 게 아닐까 싶다.

그렇지 않고서야 그런 말을 할 수 있을 리가 없지.

그렇게 진심으로 웃을 수도 없을 테고.

어쨌든 그렇게 황자들 간의 싸움은 이렇게 막을 내렸고, 그로부터 사흘 후, 현 마카로니 제국 황제가 붕어했다.

"오라버니?"

"어?"

"무슨 생각을 그리하세요?"

"아냐."

근심 어린 얼굴로 내게 다가온 이세트.

난 가볍게 머리를 헝클며 얼버무렸다.

"아, 잠깐 손 좀 보자."

"네? 아이참, 요즘 왜 자꾸 제 손을."

"잠깐이면 되니까."

난 그렇게 말하며 이세트의 오른손을 잡아 들었다.

이세트 손에 감겨 있는 운명의 실은 선명한 붉은색을 띠고 있었다.

이것도 그 일이 있은 후, 변한 것 중 하나다.

전격의 공작과 대결 도중 거의 포기했던 그때, 홀연히 나타났던 쉐도우 소드.

분명, 여전히 아직도 그를 적이라고 생각하지만 당시엔 아이러니하게도 그자의 도움으로 인해 다시 일어설 수 있었고 전격의 공작에게 이길 수 있었다.

대체 어째서 세 달 후에 나타나겠다는 예고장까지 어기며 내 앞에 나타난 걸까.

그리고 어째서 날 죽이지 않고 도와주었던 걸까.

또 당시에 그 말은 대체 무슨 말일까.


"나 쉐도우 소드는. 전격의 공작을 이긴. 바람의 일격에게. 경의를 표한다. 그리고 조만간 찾아오마."


그는 조만간 날 찾아온다고 했다.

세 달 후가 아니라 근시일 내라는 뜻이리라.

그래서 뭘 어쩌려는 거지? 다시 맞대결을 펼치자는 건가? 아니면 이세트를 다시 노리겠다는 건가?

아냐…… 전부 틀려. 싸움을 걸러 오는 것이라면 그동안 주황빛이던 이세트의 운명의 실이 붉은색으로 변할 리가 없잖아.

"설마 자객으로서의 복수를 그만두겠다는 건가?"

"네?"

내 중얼거림을 들은 건지 린이 나를 돌아보았다.

난 다급히 웃으며 고개를 흔들었다.

"아까부터 골똘히 생각만 하시고 대체 무슨…… 아! 그렇군요. 그럴만 하겠어요."

"응? 그럴만…… 하다니?"

내가 의문이 들어 묻자 린과 이세트가 서로 눈빛을 주고받더니 음흉하게 웃었다. 잠깐, 당신들 지금 무슨 생각을 하는 거야?

"동료니까요. 친구니까요! 당신을 좋아하니까요!"

"사라가 저보다 강하다는 것도 알고 있어요. 하지만 그렇다 할지라도 당신이 죽는 걸 지켜만 볼 수는 없…… 으우웁!"

"왁! 으악! 우와아아아아아아아악!"

난 거의 바람 같이 움직여 익살스럽게 내 흉내를 내던 두 여자의 입을 막았다.

지금 분명 내 얼굴 부끄럽게 변해 있겠지…….

"우웁, 이것 좀, 후우…… 왜 부끄러워하세요. 오라버니 너무 멋지셨는데. 사랑하는 여인이 죽을지도 몰라 보내지 못하겠다며 뒤에서 덥석 끌어안는 모습을 보았을 땐 정말이지…….”

"어머, 어머! 정말이요? 나도 직접 봤어야 하는 건데!"

"아아아아악! 제발 그마아아아아아안!"

난 더 이상 부끄러움을 참지 못해 손으로 얼굴을 가렸

다.

"어째서 갑자기 이런 화제가 나오는 거야!"

"어라? 지금 이것 때문에 고민하던 거 아니었어요?"

"저도 오라버니가 그것 때문에 고민하는 줄 알았는데."

"그야 물론 그것도 고민이긴 하지만 여하튼 아니라구……."

난 지쳐서 어깨를 늘어트렸다.

그래, 나는 그날 여제에게 내 속마음을 고백했다.

그리고 어찌 되었냐면…… 아직까지 아무런 말도 듣지 못했다. 여지껏 그녀는 그저 평소처럼 나를 대해 줄 뿐이었다.

그건 무슨 의미일까.

그저 친구로 지내자는 우회적인 표현? 아니면 무언의 긍정? 그것도 아니라면 설마 내 고백을 무시?

아아, 모르겠다.

정말 가까스로 잊고 있었건만 왜 이 화제를 꺼내는 거야!

"다 왔어요. 이곳이 제가 추천하는 의류 가게예요."

"오라버니도 들어가실래요?"

"하아, 아니. 난 마실 거라도 사 올게."

"알겠어요. 들어가요, 언니."

"네."

난 신나게 의류 가게 안으로 들어가는 둘을 보다 힘겹게 발걸음을 돌렸다.

아아, 정말 우울하다.

내 인생은 꽃필 일이 하나도 없다니까. 그나저나 저 둘은 뭘 마시지? 대충 사가야 하나? 에이, 그냥 묻고 가는 게 편하겠다.

"저기 있잖……."

"잘 참으셨어요, 언니."

"별로 어려운 일도 아닌걸요."

"그렇게 울 것 같은 얼굴로 말하시면 설득력 없어요."

"……미안해요. 역시 가슴이 아파요."

의류 가게 문을 밀던 내 손이 우뚝 멈췄다.

"괜찮으세요? 이대로 그냥 숨겨도? 아니면 제가 나서서 언질이라도 하면……."

"그러지 마세요. 저는 괜찮으니까요, 정말."

"하지만…… 언니도 오라버니를 좋아하시잖아요."

뭐라…… 고?

"그런 게 아니에요. 저는 하룬을 존경해요. 그러니까 이대로도 충분히 만족해요."

"울면서 말하시면 설득력 없다고 말했잖아요."

"웃, 이건, 그러니까."

"언니도 참 바보 같으세요. 왜 말을 못해요? 적어도 마음은 편해질 텐데."

"……그럴지도 모르죠. 그래도 저에게 있어서 그분은 정말 존경해 마지않는 분이세요. 고성에서부터 지금까지 쭉 그렇게 생각했어요. 지금 이 감정이 연심이었다는 걸 알게 됐지만, 그렇다고 저만 생각해서 고백하는 건 그분을 난처하게 만들 뿐이에요.. 그러니까 저는 그 두 분이 이어지길 기도할 거예요."

"그럼 언니는 어쩌고요."

"아무것도 변하지 않아요. 저는 언제까지나…… 그분을 따를 거예요."

"……정말 바보 같아."

난 반쯤 열려 있는 문을 소리 나지 않게 닫았다.

그런…… 건가.

머리가 조금 혼란스럽다.

그녀가 나를 좋아하고 있었다니.

둘의 대화를 들어 보니 이세트는 린의 감정을 오래전부터 알고 있었던 것 같다.

그런데 나만 몰랐다니. 아니, 일부러 나한테만큼은 감추었던 걸지도.

이 상황을 어찌해야 할까 고민하던 그때, 내 감각에 무언가가 포착됐다.

강하다. 그리고 어둡다.

이런 기척을 발산하는 자는 내가 아는 한 단 한 명뿐이 없다.

난 잠시 문 너머 이세트와 린을 바라보다 기척이 느껴지는 방향을 향해 발을 박찼다.

그러자 내 몸은 활강하는 새처럼 사선으로 날아올랐고, 난 그 추진력을 이용해 지붕을 밟고 다시 한 번 도약했다.

"어어?"

"우왁! 뭐야!"

"나, 날았어?"

"사, 사람이 날다니……."

거리를 지나가던 상인과 주민이 놀라 나를 올려다보는 게 느껴졌다. 하지만 난 그들에게 신경 쓸 틈이 없기에 그냥 못 본 체하고 바람의 오러를 이용해 허공을 밟아 계속, 계속 앞으로 나아갔다.

"하룬!"

얼마나 날아갔을까, 저 아래 여제의 모습이 보였다.

그녀도 나처럼 기척을 감지하고 곧장 달려온 것 같았다.

난 바람의 오러를 이용해 속도를 줄여 여제에게 다가갔다.

"사라, 오셨군요."

"그래. 그보다 하룬, 이 기척 누군지 알겠지?"

여제의 물음에 난 대답하는 대신 고개를 끄덕였다.

여제와 난 미로 숲에 도착했다.

이곳은 윈딜트 영지 외각에 위치한 숲이었는데 지형이 험난하고 숲이 우거져 미로라 불리는 곳이었다.

"……생각보다 많다."

"조심하세요."

숲 안에는 쉐도우 소드의 기척만 있는 게 아니었다.

적어도 열, 아니, 스물인가? 전부 그의 수하인 나이트 워커이리라.

난 여제와 등을 맞댄 채 주위를 경계했다.

그는 일부러 기척을 발산해 여제와 나를 불렀다.

아버지나 형님이 이곳에 계셨다면 그 둘도 왔겠지만 아쉽게도 그 둘은 지금 마카로니 수도에 있다.

즉, 지금 이 기회를 노리고 여제와 나를 불렀다는 뜻.

"그런데 이상하게 살기는 느껴지지 않네요. 대체 뭘까요."

"글쎄. 거기 있는 거 알고 있다! 쉐도우 소드!"

묘한 대치 상황이 길어지자 여제가 외쳤다.

그녀의 목소리와 기백이 메아리쳐 퍼져 나가자 숨어 있던 몇몇 나이트워커의 기가 흐트러지는 걸 감지할 수 있었다.

"기다렸다. 여명의 여제. 그리고. 일격의 주먹."

어디선가 금속이 갈리는 것 같은 잔뜩 쉰 목소리가 뚝뚝 단어단어 끊어져 들려왔다. 이런 특이한 목소리를 잊을 수 있을 리가 없지.

"거기냐!"

여제가 윈드 소드 대신 이번에 새로 장만한 레이피어를 뽑아 어느 한 나무를 가리켰다.

그러자 나무 그늘이 살짝 일렁이더니 흰머리의 남자가 홀연히 나타났다.

유령 같은 인기척. 몸의 색소가 전부 사라져 버린 것 같은 흰 피부와 회색 눈동자. 그리고 사신이 연상되는 죽음의 기운.

고성에서 나와 이세트의 목숨을 노렸고, 처음이자 마지막으로 내가 이기지 못했던 존재, 쉐도우 소드.

"불과. 두 달. 몰라보게. 달라졌군."

그는 공허한 눈동자로 나를 바라보았다.

얼굴은 검은 천으로 가리고 있어 볼 수 없었지만 어째선지 난 그가 웃고 있다는 걸 알 수 있었다.

"우리를 여기로 부른 이유가 뭐죠?"

"약속했던. 일을. 이행하기. 위해서."

그 말을 들은 여제가 작게 혀를 찼다.

"역시 그런가. 하나 예고했던 때가 아직 아닌 줄로 아는데?"

"시간은. 불필요. 나는. 일격의 주먹과. 결투를. 원한다."

그는 등 뒤에 메고 있던 흑색의 검을 뽑아 들며 말했다.

난 그가 검을 뽑아 든 걸 보고 놀라고 말았다. 처음 만났던 그때는 결코, 최후의 최후까지 검을 뽑지 않았었는데. 지금은 싸우기도 전에 뽑아 들다니.

그 말은 즉…….

이제 나를 인정한다는 걸까?

"내가 그렇게 놔둘 것 같은가?"

여제가 나를 뒤로 슬쩍 밀며 말했다.

쉐도우 소드는 그저 나를 바라만 볼 뿐이었다.

뭔가 자꾸 걸린다.

어째서 결투를 원하는데 살기가 없을까.

어째서 예고했던 약속을 어기면서까지 나와 결투를 하려는 걸까.

대체 그는 무슨 생각을 하고 있는 걸까.

"잠시만요."

"하룬?"

난 여제의 어깨를 잡아당겨 물러나게 했다. 당연하지

만 여제는 의아한 얼굴로 나를 돌아보았다.

"쉐도우 소드. 당신, 정말 나와 결투를 원하는 거 맞아?"

"……."

그는 아무 말도 없었다.

역시 뭔가 마음에 걸린다.

그의 의도는 뭘까.

그의 수하들인 나이트워커까지 전부 데려왔음에도 기습하지 않은 것도 이상하다. 이건 마치 수하들에게 구경시키는 것 같…… 잠깐, 설마?

"당신, 혹시?"

"내가 원하는 건. 결투. 네 강함을. 내게 보여라."

그는 더 이상 대화하지 않을 생각인지 오러신체를 일깨웠다.

검은 안개처럼 피어오르는 흑색의 오러.

그 오러엔 마치 죽음이 담겨 있는 것처럼 오러에 닿은 나뭇잎과 잔디가 바싹 메말라 버렸다.

"하룬, 우리 둘이라면 상대할 수 있을……."

"아뇨, 이건 저 혼자 할게요."

"뭐?"

내가 고개를 젓자 그녀의 얼굴이 처참히 일그러졌다.

"전격의 공작을 이겼다고 자만하지 마라! 저자는 너

혼자 수월히 상대할 수 있는 자가 아니다!"

"아뇨, 그런 게 아니에요. 이건 저 혼자 싸워야만 하는 이유가 있어요."

"이유…… 라고?"

"나중에 말씀드릴게요. 일단 물러나 주세요."

난 그녀를 뒤로 밀며 앞으로 나섰다.

"당신이 원하는 건 내 강함의 증명. 맞지?"

내가 내린 추론을 말하자 그는 다시 말없이 웃었다.

그래, 분명해. 이자는 나와 진심으로 싸울 생각이 없어.

그는 단지 내 힘을 확인시켜 주고 싶을 뿐이야. 나이트 워커들에게.

"내 최대. 최고의 힘. 받을 수. 있겠는가."

아직 전부는 모르겠지만 그걸 응해 주면 끝날 것 같았다.

그렇다면 좋아. 당신의 힘, 받아 주지.

"후우, 윈드 소드. 다시 부탁한다."

[바람은 그대의 손과 발이 되리니.]

건틀렛이 살짝 공명하더니 이내 밝게 빛나기 시작했다.

동시에 일깨워진 바람의 오러. 색도, 냄새도 없었지만 투명한 바람의 오러는 분명히 내 몸 주위에 존재하고 있었다.

내가 오러를 일깨우자 주위에 숨죽이고 있던 나이트워커들이 작게 동요하는 걸 느낄 수 있었다.

하긴, 이들은 바람의 오러를 보는 건 처음일 테니 당연한 반응이려나.

"진기한 오러에. 경의를 표하며. 나 쉐도우 소드는. 본 힘을. 개방한다."

푸화악!

그의 오러가 폭풍처럼 터져 나왔다.

그 죽음의 오러는 마치 독처럼 나무와 새, 심지어 흙까지 거무스름하게 변색될 정도였다.

"끔찍하군."

여제도 그의 오러가 심상치 않다는 걸 알았는지 눈살을 찌푸렸다.

저게 쉐도우 소드의 진정한 힘이구나.

만약 고성에서 그가 본심으로 나를 대했다면…… 지금 이런 자리에 서 있을 수도 없었겠지.

"3대 나이트워커 수장. 내 명칭은. 제로. 복수는 복수로. 피는 피로. 어쌔신의 규율에 따라. 결투를 신청한다. 이것이. 나이트워커 어쌔신의 절기. 블러드 나이트(Blood Night)."

그는 흑색의 검으로 자신의 오른 손목을 그었다.

잠깐, 지금 무슨 짓……!

내가 놀라하는 그때, 손목에서 터져 나온 피가 허공에 휘돌아 검에 빨려 들어가기 시작했다.

그러자 놀랍게도 흑색의 검이 점점 검붉은색으로 변해 들어갔다.

"방심하면. 죽는다."

그는 검붉은 검을 역수로 쥔 채 천천히 뒤로 당겼다.

저건 기수식.

저건 전격의 공작이 라이트닝이란 기술을 쓸 때의 모습과 매우 흡사했다. 그렇다면 방심했다간 정말 한순간에 죽을지도 모른다.

"부탁한다, 윈드 소드!"

콰카콰콰콰!

나 역시 바람의 힘을 전부 일깨웠다.

그러자 내 주위에 폭풍처럼 회오리치며 흙과 낙엽을 들어 올렸다.

쉐도우 소드는 자신의 오러까지 검에 담은 건지 검이 2미터 이상 검붉은 오러가 길게 늘어났다.

젠장, 척 보기만 해도 심상치 않다.

"하, 하룬 방심하지 마라! 이건 위험하다!"

"알고 있어요!"

잘 모르겠지만 심상치 않아 식은땀이 다 흘러내렸다.

내 동체 시력으로 피할 수 있을까? 아니, 피할 수 있는 기술이기나 할까? 젠장, 어쩌지? 이걸 막아 내기 위해선…… 역시 그것밖에 없겠어!

"흐아아아아앗!"

오른손과 왼손을 포개듯 마주한 채 내 모든 오러를 손으로 모았다.

내 최대 최고의 필살기, 오러탄.

이번엔 그냥 오러탄이 아니라 바람의 오러로 만든 오러탄이었다.

그냥 오러로 만든 탄과는 다른 경우라 이게 어떤 방식으로 발현될지는 나도 모른다. 그래도 지금은 이것밖에 방법이 없다고 생각했다.

그그그그그그그그그그.

두 힘이 집중돼서 그런지 땅이 흔들리기 시작했다.

저 멀리 새들이 일제히 하늘로 날아오르고, 무수한 나뭇잎이 땅으로 떨어졌다.

그렇게 얼마나 시간이 흘렀을까.

힘을 극한까지 끌어 올린 우리 둘은 서로를 마주 보다 누가 먼저랄 것 없이 움직였다.

"일격살."

"타아아아아아아아아앗!"

번쩍!

쫘과과과과과광!

그가 검을 내지르는 동시에 나 역시 오러탄을 허공에 띄우고 라이트 스트레이트를 내질렀다.

그자가 검을 내지르자 번쩍하고 빛나더니 더없이 날카롭게 하나의 검격이 내 앞에 있는 모든 나무들을 잘라 버리며 내게 날아왔다.

작은 선 같은 검격이었지만, 나는 저게 얼마나 무섭고 강한 힘인지 인지할 수 있었다.

반대로 내 힘은 과거 오러탄처럼 무엇이든 뚫어 버리는 점으로 된 힘이 아니라, 토네이도처럼 전방 전체를 휩쓸어 버렸다.

그 힘이 얼마나 강한지 나는 반발력으로 뒤로 날아갔고, 전방은 나무, 흙, 바위까지 전부 다 파쇄 되어 오러탄 안에 빨려 들어가 휘몰아쳤다.

웃긴 건 주위에 있는 걸 빨아들이며 토네이도가 점점 더 커진다는 것이었다.

마치 굶주린 짐승이 게걸스럽게 음식을 먹어 치워 몸을 불리듯 내 손바닥만 했던 오러탄이 내 몸만큼, 나무만큼, 집채만큼, 이내엔 윈덜트 성만큼. 그걸로도 모자라 더욱, 더더욱 커지는 광경에 순간 공포가 일 정도였다.

카가가가가가가가각!

그런 두 힘이 허공에 맞부딪혔다.

그러자 마치 칠판 긁는 듯한 소리가 나더니 이내 서로

관통해 지나갔다. 어느 힘이 이겼는지는 눈으로 확인되지 않았다.

끼이이익, 쿠쿵!

뒤늦게 내 뒤쪽에 있는 나무들이 가로로 잘려 일제히 옆으로 기울어 쓰러졌다.

단순히 한두 개가 아니다. 내 뒤 저편 산 언덕을 지나 그 너머에까지 검격이 닿은 건지, 나무 쓰러지는 소리가 끝없이 메아리쳐 울릴 정도였다.

반대로 쉐도우 소드가 서 있는 뒤편은 숟가락으로 푸딩 한 점을 퍼먹은 것처럼 한 언덕 자체가 둥글게 패여 있었다.

"……."

"……."

"……."

겨우겨우 몸을 피신한 여제와 주위에 있던 나이트워커들은 전부 아무 말도 하지 못했다.

그 정도로 정적감이 숲 전체에 감돌았다.

"크윽!"

뒤늦게 내가 무릎 꿇었다.

간신히 정면의 검격은 상쇄시켰지만, 오러 토네이도를 쏜 반발력에 내 오른손은 완전히 으스러져 부러진 손가락 뼈가 튀어나와 있을 정도였다.

그래도 윈드 건틀렛을 착용했기에 이 정도지 만약 맨손이었다면 완전히 짓뭉개졌을 것이다.

"쿨럭!"

쉐도우 소드는 입에서 피를 토했다.

하지만 나처럼 무릎을 꿇거나 하지는 않았다. 그저 의연하게 그 자리에 서 있을 뿐이었다.

"무승부. 인가."

그자 역시 정면에 있던 토네이도는 상쇄시킨 것 같았지만, 기술의 반발력 때문에 서 있기도 힘들어 하는 것 같아 보였다.

"으윽, 이걸로…… 만족하나요?"

"충분. 만족한다."

그자는 살짝 고개를 끄덕이곤 검을 바닥에 박아 넣으며 말했다.

후우, 다행이다.

이걸로 완전히 포기해 주면 정말 좋겠는데.

"나와라."

쉐도우 소드가 돌연 허공을 보며 말하자 숨어 있던 모든 나이트워커들이 일제히 그림자 밖으로 나왔다.

순간 당황해 나와 여제가 경각심을 일깨웠으나 쉐도우 소드는 기습하려는 목적으로 수하를 부른 건 아닌 것 같았다.

"나이트워커 수장의 명을 받듭니다."

"나이트워커 수장의 명을 받듭니다."

나이트워커는 밖으로 나오자 일제히 한쪽 무릎을 꿇곤 쉐도우 소드에게 고개 숙였다.

그 일사분란한 모습에 살짝 동요했지만 일단 침착함을 유지하는 척 했다.

"보았는가."

"보았습니다."

"보았습니다."

"인정하는가."

"인정합니다."

"인정합니다."

"그럼. 3대 나이트워커 수장의 이름으로. 명한다. 오늘부로 우리들은. 하룬 러셀 윈덜트의 그림자이며. 윈덜트가 그늘 아래. 숨는다."

"명을 받듭니다."

"명을 받듭니다."

"……뭐라고요?"

"나이트워커! 주군을 뵙습니다!"

"나이트워커! 주군을 뵙습니다!"

내가 당황하는 그때, 나이트워커 전부 일제히 나를 향해 돌아 다시 무릎 꿇어 복종의 의사를 표했다. 아, 아니

잠깐만! 지금 그러니까 이게 무슨 소리냐고!

"아니, 지금 이게 무슨……."

잠시 뭔가 이해가 안 가 바보처럼 횡설수설하자 쉐도우 소드가 그 특유의 목소리로 또박또박 말했다.

"일격의 주먹. 나를 포함한. 나이트워커를. 거둬라."

"네에에? 잠깐만요! 막무가내로 그러셔도 곤란합니다! 대체 무슨 생각이에요! 애초에 저흰 적이었잖아요!"

"어쌔신에겐. 적이란 없다. 그저. 의뢰를 받고. 움직일 뿐. 류소미온 후작과의 거래는 결여되었다. 우리들은. 아무런 사심도. 없다."

"아니, 그게 무슨 말……."

"하룬, 잠깐만 기다리거라. 전에 소피아 이스 윈덜트에게 들었다. 현재 나이트워커는 회복 불가능할 정도로 세력이 줄었다는걸."

"세력이 줄어요?"

"고성에서의 사건 이후, 류소미온 후작은 빈센트 아더 류소미온을 죽게 한 나이트워커를 용서하지 않았다고 한다."

"그, 그렇군요. 그런데 지금 그게 무슨 상관이죠?"

"현재. 우리의 세력은 소멸 직전. 이대로면 다른 어쌔신 길드에 먹힐 뿐. 우리에겐 살아갈 그늘이 필요하다."

그 물음은 여제 대신 쉐도우 소드가 답해 주었다.

그렇구나.

저들은 강한 세력의 그늘이 필요한 거야. 나이트워커를 존속시키기 위해서.

"그런데 왜 하필 저죠? 이해할 수 없어요!"

"강함은. 강함 아래. 수장이 인정한. 강함이라면. 그의 그늘 아래. 숨을 수 있다. 그것이. 나이트워커의 규율. 일격의 주먹. 너는 그 모든 것에. 해당된다."

"그러니까 그 뭔지 모를 규율에 적합한 자가 저라는 말이에요?"

쉐도우 말없이 고개를 한 번 끄덕였다.

우와, 난감하다.

조금 전까지만 해도 적이었던 상대가 갑자기 동료가 되어 달라는 꼴 아닌가.

"조심하거라. 방심을 유도해 기회를 노리려는 걸지도 모른다."

"그건 아마 아닐 거예요."

그래, 그건 아닐 거다.

만약 그런 것이라면 이세트의 운명의 실이 붉은색으로 돌아오지 않았을 테니까.

이제야 어째서 이세트의 운명의 실이 붉은색으로 돌아왔는지 알겠다.

나이트워커와 쉐도우 소드는 진심이다.

지금 진심으로 내 그늘 아래 숨기 위해 남은 세력을 모두 이끌고 여기에 서 있는 거다.

그러니까 방금 그 대결은 시험 같은 것이었나.

나이트워커와 쉐도우 소드는 그저 말없이 내 답을 기다리기만 했다.

만약 저들의 제의를 거절한다면 어찌 될까? 그 규율 뭐시기 때문에 복수하려 했던 걸 속행할까? 아니면 모든 걸 포기하고 돌아갈까.

잘 모르겠지만 그 무엇이 됐든 나에게 좋을 건 없다.

저런 무서운 세력이 다른 귀족가 아래 숨어 다시 윈덜트가를 노리지 말란 법도 없으니까. 그럴 바엔 그냥 지금 내가 거두는 게 좋을 것이다.

하아, 정말 머리 아프네.

"제게 뭘 바라는 거예요? 당신들은 저희 가족을 죽이려 했습니다. 그런 당신들에게 호의를 가질 수 있을 턱이 없잖아요. 그런데 거둬 달라고요?"

"그렇다."

"솔직히 말씀드리죠. 저는 나이트워커를 일으킬 자신도, 그럴 생각도 없습니다. 그래도 괜찮다는 거예요?"

"그댄 그저. 그늘이 되어 주면. 충분. 나이트워커는. 내가 일으킨다."

우와, 완전 정면 돌진이다.

쉐도우 소드와는 도저히 말이 안 통하겠어.

"이봐요, 당신들도 말 좀 해 봐요! 나는 당신 동료들을 꽤나 많이 다치게 했습니다. 몇몇은 죽었을지도 몰라요. 그런데도 저 수장의 명령이라고 따르기만 할 건가요? 불만도 없어요?"

"강함은 강함 아래. 주군에게 진 건 그저 우리가 약했을 뿐. 어쌔신에게 의뢰와 죽음은 있어도 강함 아래 굴복한 복수는 있을 수 없습니다."

"어쌔신이란 감정을 배제한 인형. 남아 있는 감정은 없습니다."

"그럼 예고장을 보낸 건 뭔데요!"

"당한 건 되갚는다. 그것이 나이트워커의 규율입니다. 사적인 복수와는 다릅니다."

완전히 그 수장에 그 수하다.

이거 말이 안 통해.

"거두겠는가. 거두지 않겠는가."

쉐도우 소드가 다시 본론을 꺼내 들었다.

그 말에 여제도 나를 돌아보았고 나이트워커들도 나를 올려다보았다.

아! 정말 나보고 어쩌라는 건지.

나는 머리를 마구 헝클었다.

당신들 이런 식으로 나오는 건 반칙이야! 적이면 적답

게 검부터 치켜들고 싸우란 말야! 대체 왜 무릎 꿇고 있는 건데! 그렇게 나오면 내가 허락하지 않을 수가 없잖아.

"하여간 너에게는 일이 끊이질 않는구나."

"……제가 하고 싶은 말이네요."

난 어깨를 축 늘어트렸다.

2.

뒤틀린 현대

"······그러니까 나이트워커를 네 수하로 거둬들이게 되었다는 말이냐?"

아버진 덜덜 떨리는 손가락으로 저 구석에 무료하게 서 있는 쉐도우 소드를 가리키며 말했다.

에스다 형님과 소피아 누님은 대놓고 쉐도우 소드에게 적의를 발산하고 있었고, 이세트는 토끼 같은 눈을 한 채 덜덜 떨고 있었다.

하아, 대충 이럴 줄 알았다만······.

"꼭 수하라기보단······ 그냥 그늘이 되어 주는 존재 뭐 그런 거예요."

"그 말이 그 말이 아니냐!"

"아버님 더 이상 하룬 녀석 말 들을 필요 없습니다. 쉐도우 소드, 난 당신을 용서할 마음 따윈 없다."

"그건 나도 오라비와 같은 생각이야. 잘도 뻔뻔스럽게 여길 찾아왔네. 이참에 못했던 결투를 이어서 해 볼까?"

"잠시 만요, 형님, 누님 기다려 주세요."

내가 둘을 만류하고 나서자 소피아 누님이 인상을 팍 찌푸리며 나를 돌아보았다.

"이 바보 천치 하룬! 넌 대체 저자의 무얼 믿고 그런 결정을 내린 거야?! 저자가 너를 이용해 다시 우리 가족에게 헤를 끼칠지도 모를 일이잖아!"

"소피아 누님, 저자는 그럴 사람이 아니에요."

내가 망설임 없이 쉐도우 소드를 옹호하자 우리 가족은 물론이고 무료하게 서 있던 쉐도우 소드마저 이채 있는 눈으로 나를 돌아보았다.

"일격의 주먹. 너는. 나의 어디를 보고. 그런 결정을. 내린 거지?"

"그러지 않을 거란 걸 아니까요."

그래, 안다.

이세트의 운명의 실이 여전히 붉은색인 것만 봐도 알 수 있다.

하지만 이런 설명 아무리 해 줘도 믿지 않겠지.

"너…… 설마 쉐도우 소드에게 쇠뇌당한 건 아니겠지?"

"누님, 그럴 리가요! 아, 정말 사라, 좀 무슨 말이라도 해 줘요."

"이건 네 사정이 아니냐."

여제는 응접실에 들어온 직후부터 지금까지 에브로스 차(내가 보기엔 설탕차라고 말해도 될 법할 정도로 단 차)를 여유 있게 홀짝이고 있었다.

하아, 아무래도 여제에게 기대할 순 없을 것 같다.

"너는. 나를. 믿는가."

여전히 잔뜩 쉰 목소리였지만 어딘가 조금 재미있어 보이는 투의 목소리로 내게 물었다.

난 잠시 떨떠름해 입맛을 다시다 머리를 긁적이며 답해 주었다.

"전부는 아니지만 적어도 우리 가족에게 해를 끼치지 않을 정도란 것은 믿을 수 있어요."

내 답변에 쉐도우 소드는 아주 미세하게 어깨를 떨었다.

복면 때문에 표정은 살필 수 없었지만 즐거워하는 듯 보인다.

"하아 , 정말 네 녀석은 사건만 불러일으키는구나."

아버진 피곤한 듯 이마를 짚으셨다.

형님과 누님도 같은 생각인지 옹호하듯 고개를 끄덕였고.

"저, 저, 저는…… 괜, 괜찮…… 으우."

이세트…… 그렇게 노력하지 않아도 괜찮아.

보는 내가 다 안쓰럽다.

어쨌든 그런 우여곡절 끝에 쉐도우 소드와 나이트워커는 비공식적으로 윈델트가에 발을 들일 수 있게 되었다.

그런 사정이 전부 해결된 후, 난 현실의 일이 걱정 되슬슬 돌아가기로 마음먹었다.

사실 진작 돌아가 보고 싶었지만 내가 저지른 일들이 있어 수습하느라 이제야 시도하게 된 것이다.

"그럼 이세트, 다녀올 테니까 잘 지내고 있어."

"금방 오시는 거죠?"

"알았어. 금방 다녀올……."

난 슬쩍 웃어 주며 두 가닥의 실을 꼬려다 우뚝 멈췄다.

조금 흐리다.

미세하지만 안개가 껴 있는 것 같이 명료하게 보이지 않는다.

예전엔 매우 멀리 있어도 하늘로 치솟아 있는 운명의 실이 보일 정도였는데, 지금은 이렇게 눈앞에 보고 있음에도 어쩐지 조금 흐릿하게 보였다.

이거 내 눈이 침침한 건가.

"오라버니?"

"으응, 아냐. 그럼 다녀올게."

걱정 끼칠 것 같아 급히 얼버무리고 난 꼬여진 두 가닥의 실을 잡았다.


뒤이어 일어난 미묘한 현기증.

그렇게 난 이세트의 실을 타고 다시 현실로 돌아왔다.

익숙한 현기증을 빠르게 뿌리치며 눈을 뜨자 이상하게도 병원실내가 아닌, 밖이라는 걸 알아챌 수 있었다. 게다가 이곳은 익숙한 곳이다. 그러니까…….

"어라…… 여긴, 우리 집 골목길?"

여느 때와 같이 지현이가 있는 병실로 이동될 줄 알았는데 놀랍게도 내가 서 있는 곳은 자주 드나들던 우리 동네 골목길이었다.

분명히 확실하다.

로드워크하며 수백 번도 더 지나다녔던 곳이니까.

분명 이세트의 실을 타고 이동했는데 어째서 이곳에? 혹시 동생과 함께 집으로 돌아가는 시점으로 이동된 걸까? 만약 그렇다면 지금 나는 휠체어를 끌고 있어야 하는데 어째서인지 우두커니 나 혼자 서 있는 상태다.

대체 이게 무슨 일인 거지?

영문을 몰라 머리를 긁적이며 주위를 둘러봤다.

주변에는 개를 산책시키려 하는 아주머니나 집으로 귀가하는 여중생, 그밖에 박스 줍는 할아버지나, 시시덕거

리는 어린아이 등등 있었으나, 휠체어에 탄 동생의 모습
은 보이지 않았…….

지금 내 눈이 무언가 잘못된 게 아닐까 의심했다.

분명 여중생이다.

그저 어디서나 볼 수 있는 교복을 입고 평범하게 걸으
며 스마트폰을 만지작거리는 여중생일 뿐이다.

분명 그럴 텐데 난 저 멀리서 이쪽으로 다가오는 그 여
중생의 얼굴이 내가 아는 누군가와 너무도 비슷…… 아
니, 똑같다는 느낌을 지울 수 없었다.

"말도…… 안 돼……."

뚱뚱하진 않지만 상당히 보기 좋게 살이 붙어 건강하다
고 느낄 정도의 체형이었지만 나는 한눈에 알 수 있었다.

저것은 내 동생 지현이라고.

너무도 놀라 장승처럼 그 자리에 서 있었다.

분명 지금 내 얼굴은 보기 흉하게 변해 있겠지.

그 정도로 지금 상황이 믿겨지지가 않았다.

동생이 걷고 있다.

평범하게 스마트폰을 만지며, 키득키득 웃으며, 바라
마지않던 교복을 입은 채…….

너무도 행복하게.

한 걸음, 두 걸음, 걸었다.

걸음은 점점 빨라져 종국엔 달리고 있었다.

도중에 내 발소리를 들은 건지 스마트폰을 내려다보며 키득거리던 지현이가 의아해하며 나를 올려다본다.

난 그런 동생의 양어깨를 움켜잡았다.

"너, 너, 걸을 수 있게 된 거야?"

"꺅!"

가슴이 벅차올라 절로 말이 더듬어졌다.

역시나 놀랐는지 동생의 짧은 비명 소리가 울렸다.

"그래, 그렇구나. 하, 하하! 하하하하하!"

그래, 이제 알았다.

내가 돌아온 현실, 이 평행 세계선에서 지현이는 루게릭 병이 완치된, 또는 아예 없는 그런 곳인 게 틀림없다.

쉐도우 소드와도 일이 해결돼 이세트가 안전해지니 이런 세계로 불려진 거야. 그래, 그런 거야! 그런 것이었어!

눈물과 콧물이 나오는데 어쩐지 웃음이 멈추지 않았다.

정말이지, 내가 살면서 동생이 평범하게 걷고 다니는 모습을 보게 될 거라 조금도 생각하지 못했는데. 갑자기 눈앞에 이런 모습을 보니 감동이 머리끝까지 차오른다.

그래, 그렇구나. 네가 걷고 다니는 모습은 이런 느낌이었어.

"저, 저기……."

눈물과 코를 훌쩍이는 모습을 난처하게 보던 동생이

잔뜩 어깨를 움츠린 채 나를 올려다보고 있다. 아, 괜히 격해져 몹쓸 모습을 보이고 말았다.

"크윽, 미안, 그냥 기분이 좋아져서. 별거 아니니 괜찮아."

다급히 소매로 눈물을 훔치며 사과했다.

이래서야 오빠로서 체면이 서지 않는걸.

우와, 갑자기 엄청 부끄러워 졌……

"누구…… 세요?"

눈물을 훔치던 내 손이 우뚝 멈췄다.

더불어 내 심장도, 사고도 정지했다.

그러니까, 지금…… 뭐라고?

"그게…… 무슨 소리야. 나야. 성일이, 네 오……"

"저 아세요?"

이번엔 심장에 무언가 뾰족한 것이 콱하고 박혀 들어왔다.

지현이의 목소리, 표정 그 전부 결코 농담으로 하는 말들이 아니란 것을 알았다.

벌써 몇 년이나 보고 살았는데 그런 거 하나 모르겠는가.

잠깐, 그렇다면 뭐야.

그러니까 지현이가 날 모른다고? 기억상실? 그럴 리가 그것도 아니라면……

이성일 진정해.

네가 착각한 것일 수도 있잖아.

난 일그러지려는 얼굴을 필사적으로 참으며 지푸라기 잡는 심정으로 조심스레 물었다.

"혹시…… 지현이 아니니?"

"어? 맞는데요. 혹시 아빠랑 아시는 분이세요?"

"아, 아빠라니, 그게 무슨 소리야. 아버지는 이미 돌아가신 지 몇 년이나……."

"지현아! 무슨 일이냐! 넌 누구야!"

그때, 내 등 뒤에서 들려온 중저음의 목소리.

그 목소리는 마치 전기처럼 내 귓가에 파고들었다.

저 목소리…… 그, 그럴 리가 없어.

그건 말도 안 돼…….

천만 근 같이 무거워진 고개를 돌려 어깨 너머로 상대방을 돌아보았다.

그리고 내 눈은 귀신을 본 것 마냥 더없이 커졌다.

"아버…… 지?"

잔뜩 목이 쉬어 쇠처럼 긁는 목소리가 성대를 비집고 흘러나왔다.

아버지다.

항상 아침마다 졸린 눈으로 신문을 보며 쯧쯧 혀를 차던, 항상 입맛이 없다며 투덜거리며 젓가락으로 밥알을 깨작거리던, 그리고 항상 너는 큰 사람이 될 거라며 내 머리를 쓰다듬어 주셨던 아버지다.

아버진 돌아가셨다.

아니, 자살하셨다.

중소기업을 운영하던 아버지는 IMF가 터져 부채를 견디지 못해 어머니와 나, 그리고 여동생을 남겨 둔 채 홀로 세상을 등지셨단 말이다! 화장이 시작되는 장면을 이 두 눈으로 똑똑히 보았다! 내가 직접 유골함을 들고 가시는 길 편하라고 납골당에 모셨다!

그런데…… 어째서! 내 앞에 아버지가 여기에 서 있는 겁니까!

"으흑!"

왈칵 눈물이 터져 나왔다.

완전히 마음속에서 보낸 줄 알았는데 그게 아니었던 모양이다.

그 정도로 참을 수 없는 슬픔과 그리움 같은 게 뒤섞여 입 밖으로 터져 나왔다.

난 억지로 입술을 깨물어 비집고 나오려는 격동을 꾹꾹 눌러참아야만 했다.

"여보, 무슨 일이에요?"

아버지 등 뒤에서 상당히 낯선 모습의 어머니가 나타나셨다.

항상 술을 마시며 몸을 버린 덕에 약을 입에 달고 다니셨던 어머니.

눈 밑에는 다크서클은 당연하고, 주름과 머리칼도 푸석해진 지 오래되셨던 어머니.

그랬을 어머니가 주름 하나 없는, 마치 젊었을 적 때를 보는 것처럼 건강하신 모습으로 나를 바라보시고 있었다.

이 같은 모습들이 더없이 기쁘고 행복해야 하건만, 어째선지 나는 서릿발처럼 가슴이 차가워짐을 느꼈다.

그 이유는 이미 알고 있다.

내 가족인 그들은 나를 완전히 타인으로 보고 있었기 때문이다.

"지현아, 어서 이리 오거라!"

"으, 으응."

"무슨 일이 있었던 거냐."

"아니, 저 오빠가 갑자기 다가와서 내 어깨를……."

"치한인가? 젊은 놈이 벌써부터."

"왜 그러세요. 저예요, 성일이. 장난하지 마세요……지현아, 나야, 오빠 몰라?"

"지현아, 아는 애니?"

지현이는 가슴 아프게도 힘껏 고개를 붕붕 저었다.

"지금 수작부리는 거냐? 내 저놈을 그냥!"

"여보! 그냥 경찰에 신고하세요."

"아, 아버지. 크윽! 어머니 저라고요! 이성일! 어머니

아들이요!"

"어머머! 지금 무슨 말을 하는 거니?"

"아버지! 저 몰라요? 이성일! 이씨 가문의 장손!"

"그, 그게 지금 무슨 말이냐!"

"설마 여보, 혹시 두 집 살림을?"

"무, 무슨 소리를 하는 게요! 너 이 녀석! 무슨 수작으로 엉뚱한 소문을 일으키려는 건지 모르겠다만 우리 집안엔 너 같은 아들은 없다!"

"없다니…… 그게 무슨 말이에요! 그럼 저는 뭔데요!"

"그걸 왜 나한테 물어!"

아버진 도리어 씩씩거리며 반박했다.

그, 그럴 리가 없어. 전부 나에 대해 잊고 있다니. 아니, 존재 자체가 없다니.

그건 너무 가혹하잖아.

"크윽, 제기랄!"

"이 녀석! 거기 안 서!"

도저히 믿을 수 없어 뒤돌아 달렸다.

믿기지 않아. 가족에게 내 존재를 부정당하다니! 그럼 나는 대체 무엇이란 말야!

지금 상황을 외면해 도망치듯 달리던 나는 어느 골목길 한켠에 대충 주저앉아 거친 숨을 몰아쉬었다.

아직도 머리가 정리되지 않는다.

갑자기 이게 무슨 사태인가.

지현이가 걸어 다니고, 죽었던 아버지가 멀쩡히 살아 있으며, 어머니도 건강해지신 채다.

그런데 그 안에 가족으로서 나란 존재가 없다.

나라는 아들 이성일이 부정당했다.

"이게 대체 무슨 일이냔 말야!"

거칠게 머리를 헝클었다.

대체 어디서부터 잘못된 걸까. 나는 어디서부터 실수해 이런 평행 세계로 들어온 것이란 말인가.

역시 그 이세계(세라 박사에게 오류를 지적당한 이후, 전생이란 말은 어울리지 않기에 쓰지 않기로 했다)에서 있었던 일들이 이 세계에 영향을 미친 게 아닐까?

마음 한구석에서 불안함이 없지는 않았다.

이번에 일어난 전쟁과 황자 간의 다툼은 분명 내가 계기가 된 일이니까.

나라는 존재가 변수가 되어 죽지 않을 사람이 죽은 경우도 분명 많을 거라 어렴풋이 생각하곤 있었다.

하나 이 정도일 줄은 몰랐다.

아니, 생각도 못했다.

설마하니 나라는 존재가 부정당하게 될 줄이야.

"대체 이성일이 아니면 난 누구란 말야."

이곳에선 내 부모가 다르다는 건가? 내 성도, 이름도

바뀐 채로? 그럼 사는 곳은? 가족은? 처음부터 끝까지 하나도 모르겠다.

혼란스러움을 안은 채 어기적어기적 일어나 인근 동사무소로 향했다. 초췌한 모습으로 들어가니 사무소 직원이 의아한 얼굴로 나를 힐끔 바라보는 시선이 느껴졌다.

"네, 안녕하세요. 무슨 용무로 찾아오셨죠?"

"……등본 좀 뜨려고요."

"등본이요? 네, 신원을 확인해야 하니 주민번호 좀 불러 주시겠어요?"

"XXXXXX—XXXXXXX."

"네, 지금 확인하겠습니다."

담당 여직원은 컴퓨터에 내가 불러 준 주민번호를 입력하기 시작했다.

그리고 잠시 후…….

"이상하네…… 없는 번호라고 나오네요. 죄송하지만 주민번호 좀 다시 불러 주시겠어요?"

"없는…… 번호라고요."

"네, 아무래도 제가 잘못 들은 것 같…….."

"……알겠습니다."

"네? 저, 저기, 학생!"

난 못 들은 척 직원의 부름을 뒤로한 채 동사무소를 나갔다.

설마 싶었는데 이로서 확실해졌다.

난 이곳에서 태어나지 않은 존재, 또는 존재하지 않는 자가 되어 있다.

현실에서 나라는 존재가 배제당한 것이다.

"어째서! 왜!"

손으로 머리를 쥐어짜며 절규했다.

어째서인가. 왜 이런 사태가 벌어졌단 말인가.

항상 가족이 잘되기를 바랐다.

내가 죽어도 좋으니 동생의 병이 낫기를 간절히 기원했다.

어머니가 아프지 않기를, 아버지가 살아 돌아오기를 그런 일이 일어난다면 정말 내 목숨 하나는 전혀 아깝지 않다고 생각했었다.

하지만, 하지만…… 내 존재 자체가 가족에게 잊혀지는 건 너무하잖아.

사랑하는 이들에게 나라는 존재가 잊혀지는 것이 이렇게나 괴로운 것일 줄은 상상도 못했다. 이건 죽는 것보다도 더한 벌이다.

"벌…… 그런가. 신은 내게 벌을 준 건가."

내 멋대로 운명을 바꾼 것에 대한 벌인 게 아닐까 문득 생각했다.

하, 그렇다면 애초에 내게 운명의 실이 보이는 능력을

주지 않았으면 되는 게 아닌가.

이 빌어처먹을 운명이 조금만 융통성이 있었어도 내가 목숨을 걸고 운명을 바꾸려 생각하지 않았을 거 아닌가!

"제길, 아직이야…… 아직, 바꿀 방법이 분명히 있을 거야."

주먹을 꽉 쥐고 일어났다.

어쨌거나 이 평행 세계에선 내 존재가 없는 걸로 나온다면 전 평행 세계로 돌아가면 된다.

어찌해야 할지는 모르겠지만, 그 답은 분명 이세계에 있으리라고 본다.

이렇게 된 이상 전 평행 세계로 들어갈 때까지 수십, 수백 번이고 이세계로 들어가 운명을 바꿔 주겠어.

하지만 그 희망은 결코 이루어지지 않았다.


"관장님."

"오! 복싱 지망생인가? 어서 오게! 보기보다 이곳 좋은 곳이야. 내 싸게 해 줄 테니까 일단 견습이라도 해 봐."

발길 닿는 대로 걷다 보니 도착한 곳은 내가 다니던 복싱체육관. 하지만 내가 다녔던 허름하고 낡은 체육관이 아니라 최신식설비와 문하생이 한가득한 유명한 체육관이 되어 있었다.

관장님의 모습도 평소 내가 알던 배나온 아저씨가 아

니라 현역선수처럼 잘 잡힌 몸매를 유지하고 있었다. 언 뜻 체육관 입구에 걸려있는 액자를 보니 젊었을 적 관장 님이 챔피언 벨트를 높이 치켜든 사진이 걸려 있었다. 여 기서는…… 성공하셨구나. 젊었을 적 이루지 못하셨던 꿈…… 이루셨네요.

"……"

"어, 이봐! 학생! 어디 가!"

언제나 내 등짝을 후려치며 힘내라고 말하던 관장님이 었다.

내가 정말 힘들 땐 말없이 머리를 헝클며 밥이나 먹으 러 가자고 말씀해 주시던 관장님이었다.

그런 관장님에게 낯설음이 물들어 있는 표정을 보니 가슴이 찢어질듯 아파, 한마디도 못하고 뒤돌아 나왔다.

한 달.

벌써 한 달이 지났다.

그동안 수십, 수백 번도 더 이세계와 현대를 오갔지만, 이 현대는 조금도 변하지 않았다.

아무리 운명을 바꿔도 무슨 방법을 쓴다 하더라도 내 가 돌아오는 곳은 언제나 이곳일 뿐이었다.

이곳엔 내가 살아갈 집도, 의지할 가족도, 고민을 털어 놓을 친구도 없다.

그야말로 외톨이.

마치 나에게만 그늘이 낀 것처럼 나라는 존재는 지워져 있었다.

꼬르륵.

밥을 제대로 먹지 못한 지도 꽤나 오래 지났다.

덕분에 이젠 걸을 힘조차 없…….

"꺅!"

"……."

힘없이 걷다 눈앞에 사람과 부딪혀 풀썩 넘어졌다.

상대는 여자였는데도 넘어진 건 나였다.

그 정도로 내 몸엔 힘이 하나도 없었다.

"괜찮…… 아요?"

어기적어기적 일어나려니 나랑 부딪힌 여성이 내게 손을 내밀었다.

그런데 어디선가 많이 들어 본 목소리.

누구…….

"세연……."

"네?"

"……괜찮습니다."

다급히 시선을 피하며 내 힘으로 일어났다.

내 눈앞에 있는 여성은 내 고등학교 동창, 유세연.

어찌 얘를 모를 수 있겠는가.

하지만 이곳에 세연이는 조금도, 털끝만치도 나를 모

른다.

그래서 시선을 피했다.

타인을 바라보는 그 눈빛을 이젠 감당할 수 없기에.

"얼굴이 많이 어두워 보여요."

세연이가 걱정 어린 얼굴로 나를 바라보았다.

그녀는 진정 나를 걱정하는 게 아니라 그저 작은 동정에 하는 말일 것이다.

그래서인지 내 가슴은 더더욱 찢어지게 아프다.

"세연아! 무슨 일이야?"

"어, 상천아. 저분이 좀 힘들어 보여서."

"응? 어라? 괜찮아요?"

편의점에서 음료수 두 개를 들고 나온 한 남자.

그는 내가 너무도 잘 아는 이었다.

"임…… 상천."

"응? 어라? 저 알아요?"

"……크흑!"

제발 만나지 않길 바랐던 친구의 낯선 눈빛을 보니 안정된 줄 알았던 가슴의 상처가 아려 왔다.

난 입술을 꽉 깨물어 비집고 흘러나오는 눈물을 참곤 억지로 몸을 일으켰다.

나에게 있어 상천이는 그 누구보다도 친한 친구지만 이곳의 상천이는 나를 모른다.

그러니 아무리 친구라고 호소해 봐야 알아주지 않겠지.

자세히 보니 세연이와 상천이의 티셔츠가 똑같다는 걸 나는 뒤늦게 알아챘다.

그런가. 이곳에서는 둘이 사귀고 있는 건가.

"잘…… 됐구나."

"네?"

"둘이…… 어울려. 아주."

"그, 그래 보여요? 하하, 하하하! 이거 난처하게!"

"하아, 지금 기분 좋아해야 할 상황이 아니잖아."

세연이는 이마를 짚으며 상천이에게 핀잔을 줬다.

이렇게 보니 정말 둘이 어울린다.

저 둘 사이에 나란 존재는 없지만…… 몹시도.

"……행복해라. 둘 다."

난 세연이와 상천이의 어깨를 한 번 툭 치곤 그 사이를 지나갔다.

의아한 듯 세연이와 상천이가 나를 돌아보았지만, 시선을 모른 척 뒤돌아보지 않고 걸어갔다.

자살하지 않고 살아 있는 아버지, 루게릭 병에 걸리지 않은 지현이, 전업주부로서 행복하게 생활하시는 어머니, 상천이는 자신이 바라던 세연이와 교제하고 있고, 관장님은 젊었을 적 꿈과 으리으리한 체육관을 운영한다는 목표까지 전부 달성하셨다.

그래, 비록 나라는 존재는 잊혀져 있지만 이곳은 내가 가장 바라던 이상적인 현실이었다.

더 이상 걷기 힘들어 노숙자처럼 대로변 옆, 갓길에 주저앉았다.

내 갑작스런 행동에 지나다니던 사람들이 나를 힐끔거렸지만 이젠 아무래도 좋아 그저 하늘만 올려다보았다.

이 세상은 내가 가장 바라던 세상이다.

더없이 행복하고 바라던 꿈꾸던 세상 말이다.

나만 포기한다면 세상은 더없이 행복하다.

그래, 나만 포기하면 모든 게 해결돼.

"까짓 거…… 아무도 날 모르면 어떠랴."

가족이 없으면 어떤가. 친구가 없으면 어떤가.

관장님도 잘되셨고, 동생도 아프지 않고, 어머니도 업소 일을 다니지 않는데…… 심지어 아버지도 살아 계시는데. 이 이상 더 바란다면 역시 욕심이겠지.

이렇게 모든 걸 놔 버리니 오히려 마음이 편하다.

모든 속세를 버린 기분이랄까? 이러니 마치 해탈한 스님 같은걸.

"큭큭, 큭큭큭큭!"

허탈해져 절로 코웃음이 다 나왔다.

그런데 어째서 눈물이 나오는 걸까. 어째서 이리도 가슴이 아픈 걸까.

모든 게 잘됐는데, 나만 포기하면 그 모든 게 다 행복한데.

난 그 자리에 드러누워 좀 더 편하게 더 없이 맑은 하늘을 올려다봤다.

이젠 아무것도 하고 싶지 않다.

현실에서 내가 있을 곳이 없어져 버렸다는 게 이리도 허무할 줄이야.

그냥 이젠 이세계에서…… 하룬으로서 살아갈까.

그것도 나쁘지 않겠지.

이세계에서도 아직 못 다한 것들도 많고.

또 그곳엔 나를 알아봐 주는 가족이 있으니까…….

손을 들어 올려 내 붉은 운명의 실을 바라보았다.

다시금 눈물이 뭉글뭉글 흘러나온다.

이제 그만 포기해. 미련을 갖지 마. 그럼 너만 더 괴로울 뿐이라고 이성일.

"하지만…… 하지만 현실을 잊고 살 수 있을 리가 없잖아! 빌어먹을!"

얼굴이 심하게 일그러졌다.

주체할 수 없을 정도로 눈물이 쏟아져 내렸다.

난 양손으로 흉측해진 얼굴을 감싸 쥔 채 모든 울분을 토해 냈다.

남아있는 모든 미련을 털어 내기 위해서.

"하룬, 하룬! 내 말 안 들리느냐! 하룬!"

"……."

프런치 나무에 등을 기댄 채 멍하니 앉아 있었는데 언제 다가온 건지 여제가 몹시 심난한 표정으로 나를 내려다보고 있었다.

"벌써 날이 저물고 있다. 대체 언제까지 이러고 있을 테냐."

날이 저물고 있다고?

멍하니 하늘을 올려다보니 정말 여제의 말대로 해가 뉘엿뉘엿 저물어 가고 있었다.

분명 아침에 해가 뜬 시간에 왔는데…… 벌써 저녁인가.

그나저나 이곳에 노을은 현대완 다르게 아름답구나.

"너, 하룬…… 하아."

그저 멍하니 저녁 노을을 바라보고 있었더니 여제가 지친 한숨 소리를 내뱉었다.

지금 이렇게 나를 찾아와 한숨을 쉰 건 여제뿐만이 아니었다.

아버지도, 형님도, 누님도, 이세트와 린마저 이곳까지 찾아왔다가 도로 내려갔었으니까.

"대체 이유가 뭐냐."

다른 사람들과는 다르게 그녀는 돌아가지 않고 내 옆

에 풀썩 주저앉았다.

아주 조금이지만 마주 닿은 어깨에서 그녀의 체온이 느껴졌다.

"한 달 전 갑작스레 심경이 변한 이유, 나에게도 말하기 힘든 것이냐?"

"……"

아무 말도 할 수 없었다.

그녀에게도, 이곳 가족에게도, 친구에게도.

가까운 사람들에게 기대고 의지해 버린다면 간신히 버티고 있는 내 마음이 무너져 버릴 것 같았기 때문이었다.

게다가 달리 무슨 말을 할 수 있단 말인가.

이들은 현대의 문명도, 그곳에서 살아간 내 존재도 모르는데.

"말하기 어렵다면 더는 묻지 않으마. 하지만 네 가족에겐 걱정 끼치게 하진 말거라. 너는 남자이지 않느냐."

"……이곳에서도 저는 걱정만 끼치고 있네요."

체념해 자조하며 말했다.

내 자학하는 말투에 그녀는 살짝 눈살을 찌푸리며 나를 돌아보았다.

"그럴 바엔 그냥 여기서도 사라지는 편이 좋을……"

"날 봐라."

그녀는 내 말이 다 끝나기도 전에 내 얼굴을 양손으로

잡고 자신 쪽으로 돌렸다.

의도치 않게 매우 가까운 거리에서 여제와 난 서로를 바라보는 형국이 되었다.

"날 좋아하느냐, 하룬?"

······어?

"······윽, 갑자기 그런 질문은 너무하세요."

"이제야 눈빛이 조금 예전처럼 돌아오는구나."

그녀는 안심한 건지 그제야 내 얼굴을 놔주었다.

아무리 내 감정을 알고 있다고 해도 그렇지 충격요법으로 써먹으면 저도 기분 나쁘다고요.

"이제 말할 기분이 되었느냐."

"정말이지 사라한텐 못 당하겠네요."

질려서 고개를 절레절레 저었다.

혼자서 조용히 우울증을 달래고 싶었는데 그렇게 만들어 주지도 않는다.

뭔가 설명하기 힘들어 팔에 장착되어 있는 윈드 건틀렛을 만지작거렸다.

그러고 있으려니 여제가 오묘한 눈길로 내 건틀렛을 바라보았다.

"이제 그 검······ 네 건틀렛이 다 되었구나."

"······뭐 그렇죠. 그때 이후로 아예 떼어지지도 않는걸요."

"그 녀석이 어지간히도 너를 인정한 모양이구나."

"그건 잘 모르겠지만요. 그런데 정말 괜찮아요? 윈드 소드를 나에게 건네주어도?"

"아아, 뭐."

그녀는 별로 대수롭지 않은 건지 가볍게 고개를 끄덕이고 말았다.

나는 괜히 멋쩍어져서 하늘로 시선을 돌렸다.

그렇게 얼마나 시간이 흘렀을까.

작은 바람결과 함께 그녀의 목소리가 다시금 들려왔다.

"내가 존경하는 조사가 했던 말이 있다. 검이란 존재 자체는 단순히 쇠붙이에 불과하다고. 그래서 나 또한 검에 애정을 준 게 아니라 검으로 지킬 수 있는 내 목숨에 애정을 담은 것이다. 그러니 아무래도 상관없다."

그 말은…… 자신의 애정은 쇠붙이에 불과한 검에 있는 게 아니라, 그 검으로 인해 구원받는 자신의 목숨에 있다는 뜻인가?

언제나 무너지지 않는 냉철한 마음을 소유한 여제.

언제부터인가 나는 이런 여제를 목표로 하여 노력했다.

아니, 아직도 하고 있다.

그래, 나는 그녀가 존경스럽다.

내가 바라는 강함이란 이상향에 무척 가까운 사람이라 그렇겠지.

그런 강인한 마음 때문일까?

그날 내 고백을 전부 들었음에도 그녀는 여태껏 어떠한 답변도 해 주지 않은 채 평소와 다름없이 행동하고 있다.

난처하면 그냥 거절하면 될 텐데…… 참 그녀답다면 그녀다운 행동.

우리는 한동안 입을 다물고 저물어 가는 석양을 바라보았다.

그렇게 완전히 해가 저물어 날이 어두워지자 그녀는 가볍게 몸을 일으켰다.

"얘기하기 어렵다면 굳이 하지 않아도 된다."

그녀는 살짝 어깨를 풀며 걸음을 옮겼다.

아니, 옮기려 했다. 내가 도중에 말하지 않았더라면.

"저는 이 세상 사람이 아닙니다."

지금까지 꺼내지 못했던 말.

속에만 감추어 두었던 비밀.

누구든 쉽게 믿지 못할 이야기를 담담히 꺼내 놓았다.

내가 이 세계에 들어온 경위도, 사실 나 자체는 하룬이 아니라는 것도, 운명의 실에 대한 진실까지도.

여제는 뒤도 돌아보지 않은 채 내 황당한 이야기를 전부 들어 주었다.

내 얘기를 전부 들은 그녀는 딱 한마디 했을 뿐이었다.

'그런가' 라고.

"……아무렇지도 않으세요? 제가 진짜 하룬이 아닌데도요?"

"여기 서 있는 하룬은 내가 아는 하룬이 아니더냐. 아니, 이제 성일이라고 불러야 하나?"

정말이지 그녀답다면 그녀답달까.

하긴, 애초에 소문에 휘둘리지 않고 신분 같은 걸 따지던 그녀가 아니었으니까. 이런 반응이 당연한 걸지도.

"괜히 걱정한 저만 바보가 된 기분이네요."

허탈해져 웃음만 나왔다.

숨겨 둔 고민을 털어놓는 게 이토록 간단할 줄이야.

이럴 줄 알았으면 진작 털어놓을걸.

"그대로 하룬이라 불러 주셨으면 해요. 그렇지 않으면 하룬이란 존재를 부정하는 것 같으니까요."

그녀는 내 부탁에 말없이 고개를 한 번 끄덕여 주었다.

"그나저나 그런 일이라면 상심이 크겠군. 혹, 내가 도울 수 있는 일은 없는 거냐?"

"……아마도요. 이건 현실의 문제니까요. 사라가 할 수 있는 건 운명의 실을 빌려 주는 것밖에……!"

난 말하다 말고 입을 다물었다.

잠깐, 사라의 운명의 실? 그러고 보니…….

머리에 번개가 내리쳐 벌떡 일어났다.

이 바보! 왜 지금까지 그 생각을 못 한 거야!

"하룬?"

그녀는 의아한지 아직 어색하게 발음되어지는 내 이름을 불렀다.

난 그런 그녀의 손을 다급히 낚아챘다.

"있어요! 방법이 있어요! 고마워요! 사라 덕분에 정말 큰 도움이 됐어요!"

"그게, 무슨."

난 지금 당장 마지막 남은 희망을 부여잡기 위해 내 운명의 실과 여제의 운명의 실을 감았다.

그래, 그분이라면, 그분이라면 어쩌면! 이 답답한 상황을 해결해 줄지도 몰라!

"잠깐, 기다리거라. 내 운명의 실을 탈 생각인 거냐?"

그녀는 내 행동을 보고 지금 내가 무얼 할 것인지 눈치 채 말했다.

"네, 현대의 사라라면 분명 도와줄 수 있을 거예요! 그러니 다녀올⋯⋯."

꼬인 실을 잡으려는 그때, 그녀가 내 팔을 잡아 막았다.

"혹여 위험하지는 않는 거냐."

어딘가 불안해하는 듯한 표정이다.

그러니까⋯⋯ 설마 나를 지금 걱정하는 거야?

에이, 역시 그럴 리가 없지.

"괜찮아요. 이미 수십 번도 더 차원을 넘나들었으니

이번에도 별일 없을 거예요. 그리고…… 이미 최악의 상황이니까요."

"……알았다. 그럼 말리지 않으마."

그녀는 비로소 내 팔을 놓아 주었다.

"그럼 다녀올게요."

"하룬."

다시 날 막은 여제.

내가 의아해하며 바라보자 그녀는 아주 잠시 망설이더니 내 어깨를 잡으며 입을 열었다.

"……네게 하고 싶은 말이 있다."

"하고 싶은 말이요?"

"다녀오거라."

"사라?"

내가 그녀를 불렀지만 여제는 더 이상 말할 생각이 없는지 입을 다물어 버렸다.

난 어쩔 수 없이 답변은 포기하고 엉킨 운명의 실로 손을 뻗었다.

"알겠어요. 그럼 다녀오겠습니다."

난 꼬여진 운명의 실을 잡았다.

# 3.
## 가느다란 인연의 실 잡고

어두운 실내.

바닥엔 푹신한 카펫과 커다란 침대, 오른쪽 편, 커텐이
쳐져 있는 테라스엔 작은 유리 테이블이 놓여져 있었다.

그러니까 이곳은…… 호텔인가?

깔끔하지만 어딘가 삭막한, 사람이 오랫동안 거주한
집이 아닌 모습에, 난 호텔이 아닐까 생각했다.

슬쩍 테라스로 나가 커튼을 들춰 보니 아름다운 밤 도
시의 모습을 확인할 수 있었다.

"우와, 높아."

대체 얼마나 높은지 한눈에 도시의 전경이 다 보일 정
도였다.

그보다 더 놀라운 건 이런 높이의 건물들이 창밖에도 많이 있었다는 사실이었다.

그것만 봐도 이곳은 한국이 아니라는 걸 알 수 있었다.

그런가. 여기선 동생이 루게릭 병에 걸리지 않았으니 세라 박사가 한국에 올 이유도 없었던 거야.

그렇다면 이곳은 외국의 어느 도시라는 말이네.

"그런데 몸이 왜 이렇게 무겁⋯⋯."

난 뒤늦게 내 옷차림을 보곤 사고가 멈춰 입이 다물어져 버렸다.

지금 내 옷차림은 첩보 영화에서나 볼 수 있음직한 최신식 검은 전투복에 검은 마스크까지 한 상태였다.

게다가 그보다 더욱 놀라운 건⋯⋯.

"초, 총?"

내 허리춤에 달려 있는 권총.

멍하니 꺼내 보니 묵직함이 손안 가득 들어왔다.

이건 한 번도 보지 못한 나도 알겠어. 진짜, 진짜 권총이야.

몸이 무거웠던 이유는 이것 때문인가?

하아, 무슨 상황인지는 모르겠지만 이 시간대에 내가 외국에 있는 세라 박사와 함께 있는 세계선은 이런 식으로 밖에 되지 않는다는 건가.

이거 만약 이런 모습을 세라 박사가 보게 된다면 제대

로 오해하겠······.

달깍.

말하기 무섭게 왼쪽 편 문이 열렸다.

그리고 그 안에서 샤워 타올만 몸에 두른 맨몸의 세라 박사가 밖으로 나왔다.

"······."

"······."

우린 잠시 동안 서로를 바라보았다.

나도 놀라긴 했지만 그녀는 경악해 상황 판단이 되지 않는 것 같아 보였다.

"아, 이건 저기······ 윽!"

뒤늦게 변명하려고 입을 열었는데 그러기 무섭게 그녀는 옆에 장식되어 있는 꽃병을 집어 내게 던졌다.

"잠깐, 오해······ 크윽!"

간신히 꽃병을 피했건만 이번에 날아온 건 입고 있던 샤워 타올. 세상에, 그걸 던지면 어떡합니까!

난 황급히 날아오는 타올을 팔로 막으며 다급히 외쳤다.

"오해예요! 저는 세라 박사님에게 해를 끼칠 생각이 없습니다!"

내 말을 분명 들었을 텐데도 그녀는 어떠한 답변도 하지 않았다.

"이런 모습인 건 설명해 드릴게요! 그러니까 제 말 좀 들어 보세요!"

몸을 감싼 타올을 일부러 걷어 내지 않고 외쳤다.

차마 맨몸의 세라 박사를 볼 수 없었기 때문이었다.

이거 상황이 난처해졌다.

하긴 누가 보더라도 이런 모습을 보게 된다면 세라 박사처럼 행동할 테지.

총을 가지고 무단침입한 사람이니까.

"후우, 죄송합니다. 놀라게 한 거 사과드릴게요. 하지만 어쩔 수 없었어요. 전부 설명할 테니 조금만, 조금만 제 말을 들어 주시지 않겠어요?"

뒤늦게 타올을 걷으며 차분하게 말을 시작했다.

역시나 그녀의 모습은 보이지 않았지만, 내가 서 있는 뒤편에 입구가 있어 밖으로 나가지 못하고 여기 어딘가 숨죽이고 있다는 걸 알 수 있었다.

"무엇부터 말해야 하나……. 그, 저는 성일이라고 합니다. 물론 지금 선생님은 저를 모르겠지만 사실 우린 알고 있는 사이예요. 그게 그러니까……."

덜컹!

횡설수설 말하는 그때, 뒤편 문이 열리고 안으로 대여섯 명의 사람들이 들이닥쳤다.

그들은 다급히 안으로 들어오다 내 손에 들려 있는 권

총을 보고 다급히 권총을 꺼내 들었다.

그들은 뭔가 알 수 없는 영어로 외치며 나를 둘러쌌다.

언뜻 총을 버리라는 말과 손을 들라는 말을 알아들을 수 있었다.

난 뒤늦게 그녀가 경보벨을 눌렀다는 걸 알아챘다.

사람들의 언성이 더욱 거칠어졌다.

난 일단 어쩔 수 없이 총을 바닥에 내려놓곤 손을 들었다. 그러기 무섭게 사람들이 내게 달려들어 나를 제압해 버렸다.

"크윽! 자, 잠깐…… 세라 박사님! 제 말을 들어 주세요! 부탁이에요! 잠깐, 이것 좀 놔줘요!"

사람들은 내 팔을 우악스럽게 뒤로 꺾어 버렸다.

덕분에 말도 못할 정도로 아팠지만 그보다도 여기서 잡혀 나가면 전부 끝장이란 생각에 필사적으로 호소했다.

"세라 박사님에게 꼭 부탁하고 싶은 말이 있습니다! 으으윽! 이것 좀 놓으라니까요! 지금 제 운명이 완전히 엉켜 버렸어요! 이제 남아있는 희망은 선생님밖에 없다고요! 부탁이에요! 제발 제 말 좀 들어 주세요! 아, 그리고 보니 잠깐, 그 뭐더라, 라이프…… 그래! your life is your life!"

질질 복도까지 끌려 나간 나는 거의 절규하듯 마지막 말을 외쳤다.

하지만 안타깝게도 내 목소린 복도에 공허하게 울려 퍼질 뿐 아무런 답변도 들려오지 않았…….

"Hey, stop."

간신히 닿았다.

가운을 걸친 그녀가 복도에 나와 나를 제압한 장정들을 멈춰 세웠다.

그녀의 눈은 내가 알 수 있을 정도로 흔들리고 있었다.

아무래도 정말 간신히, 간신히 마지막 말이 닿은 것 같았다.

그녀는 망설이듯 나를 바라보다 맨발로 내게 다가왔다.

"당신, 어떻게 그 말을 알고 있는 거야."

그녀는 조금 화난 목소리로 내 멱살을 움켜쥐며 한국어로 말했다.


난 그녀의 부탁에 무장해제 당한 채 다시 그녀의 방에 들어갈 수 있었다.

그렇게 해서 난 그동안 내게 있었던 모든 일들과 그녀와 나의 관계까지 전부 설명하는 시간을 가질 수 있게 되었다.

"믿을 수가 없어. 그러니까 내가 루게릭 병 치료약을 개발해 한국에 있었고, 루게릭 병에 걸린 당신의 여동생을 치료하고 있었다고? 그 약…… 무슨 약인지 설명해 줄 수 있어?"

"저도 자세히는 몰라요. 하지만 언제 한 번 간단히 설명을 들은 적이 있었어요. 그게…… 선생님은 루게릭병…… 그러니까 근육 측색 경화증은 뇌와 척수 신경 세포와 관련된 무슨 재생 시스템이 망가져 생긴 병이라고 설명하셨어요. 그 재생 시스템이 유비…… 뭐라고 했더라."

"유비칼린2."

"아, 네. 그 단백질이 망가져서 일어난 병이라고 하셨는데, 개발한 백신약이 유비칼린2 단백질의 성능을 높여 증상을 완화시켜 준다고 하셨어요."

내 말에 그녀는 피곤한 듯 고개를 숙인 채 이마를 짚었다.

"설마 근육 증폭제인 PJS—1024를 루게릭 병에 사용하는 방법이 있었다니. 하, 하하. 다른 평행 세계의 나는 그런 걸 해냈다는 건가? 이거 정말 믿기지가 않아."

"근육…… 증폭제요?"

내 물음에 그녀는 고개를 들었다.

"내가 개발한 약, PJS—1024야. 이 약은 사용자의 근육을 대폭 증가시켜 단 며칠 만에 보디빌더 같은 몸매를 가질 수 있게 만들어 줄 수 있어."

"그, 그럴 수가."

"이건 스태로이드 같은 것과는 차원이 달라. 어떠한 부작용도 없으니까. 이 말이 무엇을 의미하는지 알 수 있겠어?"

그녀는 자조 섞인 미소를 지으며 내가 물었다.

잘 모르겠지만 만약 아무런 부작용 없이 근육을 증폭시킬 수 있는 약이 개발된다면…… 그건 정말 위험하다.

"조금은 머리가 돌아가는 것 같네. 그래, 이런 위험한 약을 개발한 덕에 마피아는 물론이고, 외국 정부도 나를 노리고 있어. 덕분에 하루하루 호텔을 옮겨 가며 피신 생활을 하는 중이야. 그래서 난 당신도 이 약을 노리고 찾아온 인물이라고만 생각했었어."

그녀는 잠시 한 텀 숨을 내쉬곤 다시 말했다.

"하지만 설마 PJS—1024를 근육 측색 경화증 치료약으로 사용될 수 있을 줄은 상상도 못했어. 그래, 만약 그런 약으로 개발되었다면…… 나는 좀 더 행복하게 살 수 있었을지도 모르겠네. 당신에게 묻지. 그 평행 세계에 있던 나는…… 행복했어?"

"잘 모르겠지만, 적어도 웃는 모습을 자주 볼 수는 있었어요."

"……그래? 와인 한잔하겠어?"

그녀는 자리에서 일어나 유리 테이블 위에 있는 와인을 잔에 따르며 말했다.

당연히 나는 가볍게 손을 들며 거절했다.

"아직도 사실 난 당신이 의심스러워. 지금까지 한 오컬트 같은 말들도 전부 믿겨지지 않고. 하지만 그렇게만 생각하기엔 너무도 놀라운 말들이 많아. 하아, 정말 술을 먹지 않을 수가 없네."

그녀는 그렇게 말하며 와인을 홀짝였다.

그 정도로 평정심을 유지하기 힘들다는 말일까?

"말이 돼? 그런 믿을 수 없는 말들에 모순점을 찾기 힘들다는 게…… 정말 내 성격을 전부 파악하고 온 게 아니고서야 그런 오컬트 내용으로 설득할 수 있을 턱이 없잖아."

한잔, 그리고 다시 한잔을 따라 원샷했다. 어딘지 조금 짜증나 있는 것 같아 보였다.

이분은 매우 이성적이지만 완전히 꽉 막혀 있는 사람은 아니었다.

병원에 있었던 세라 박사도 마지막에 내 중2병 같은 설정을 믿어 주고 'your life is your life'를 말하라고 했었으니까.

"당신, 그 평행 세계에 있는 내가 'your life is your life'가 어떤 의미 있는 말인지 설명해 주었어?"

난 가볍게 고개를 저었다.

그러자 그녀는 추억을 상상하듯 와인 잔을 은은한 눈

빛으로 바라보며 다시 입을 열었다.

"너의 삶은 너의 것이다. 어릴 적 생이별한 우리 아버지가 내게 해 주신 말이야. 난 언제나 그 말을 가슴속에 새겨 둔 채 지금도 잊고 있지 않아."

"……그래서 저를 믿어 주신 거군요."

"그래, 이 말은 지금껏 누구에게도 한 적 없었으니까. 물론 미리 조사해 그걸 노리고 파고들었을 확률도 없지는 않겠지만…… 그렇게 철저하다면 오컬트적인 설명이 아니라 다른 방향으로 나를 설득하려 했겠지. 아니면 설마 이것도 노림수에 들어가는 건가?"

그녀는 잠깐 나를 바라보더니 이내 고개를 저었다.

"이렇게 어린, 그것도 동양인이 그 정도로 조사해 파고들었다는 건 있을 수 없어. 공식 발표도 하지 않았고, 이 약을 개발한 건 불과 한 달도 채 되지도 않았으니까. 좋아, 당신이 말한 그 오컬트 같은 이야기 믿어 줄게. 그래서 당신이 원하는 건 뭐야?"

"지금 이 평행 세계를 빠져나갈 방법에 대해 알려 주세요."

"……그걸 왜 내게 묻는 거야?"

이것만큼은 상상외였던 건지 그녀는 눈을 끔뻑였다.

"병원에 있는 선생님과 저는 운명의 실로 많은 상담을 했었어요. 그리고 많은 도움을 받았죠. 그래서 저는 지금 선생님을 찾아온 거예요."

"그럼 그 평행 세계에 있는 나에게 운명의 실에 관해 설명해 준 거야? 그리고 내가 그 사실을 믿었다고?"

"……아뇨. 그땐 그냥 제 설정집이라고만 알고 있었어요. 그래서 단순히 모순점을 짚어 주는 정도였죠. 하지만 단지 그 정도였음에도 불구하고 많은 도움을 받았어요."

"하, 그렇단 말이지. 이해했어. 후우, 어렵네. 갑자기 이런 말을 들어도 곤란한걸. 나 역시 오컬트에 빠져 함께 알아보자는 말이지? 그런데 정말 그것만으로 괜찮겠어? 약과는 아무 상관도 없는 거야?"

"네, 약은 전혀 관심 없습니다."

"……알겠어. 그런 정도라면 협력하지."

그녀는 그렇게 말하며 가방에서 작은 수첩과 펜을 꺼냈다.

"그럼 다시 처음부터 파고들어 보자. 다시 그 내용을 자세히 설명해 줘. 당시의 내가 당신에게 무슨 조언을 해 주었는지도 전부."

그녀는 침대 맡에 있는 안경까지 가져와 쓰며 내게 물었다.

우리는 그렇게 본격적으로 운명의 실에 대해 파고들었다.

"당신은 태어날 때부터 선천적으로 운명의 실을 볼 수 있는 능력이 있었고, 세 달 전, 그 운명의 실을 이용하는 방법을 알아냈어. 그리고 전생…… 그러니까 다른 평행 차원 세계에 들어갈 수 있었고, 그곳의 운명을 바꿈으로써 현실의 운명도 바꿀 수 있다는 걸 알아낸 당신은 본격적으로 이용하기 시작했다. 맞지?"

난 말하는 대신 고개를 끄덕였다.

"당신이 바꾼 운명은 네 여동생, 어머니, 마지막으로 나야. 그 후로 이 모양이 되었다고 했고."

"네, 제 생각으론 여명의 여제를 구할 때 무언가 큰 실수를 한 것 같아요."

"아니, 틀려."

단언하듯 세라 박사는 고개를 저었다.

"만약 그렇다면 여명의 여제를 구하기 이전에 이세트, 어머니의 전생자가 아론이라고 했던가? 여하튼 그 둘을 구할 때부터 이런 상황이 만들어져야 했어. 하지만 아니었지?"

"지금처럼 최악은 아니었지만 그때도 현실이 바뀌긴 했어요. 그러니까……."

"그러니까 아니라고."

그녀는 다시 단호하게 부정했다.

"후우, 이걸 말해야겠네. 전과 지금은 상황 자체가 달

라. 전에는 운명을 뒤틀면 그에 맞춰서 현실이 조화를 이루었어. 언제나 질서를 잡아 주는 방식이었다는 거야. 하지만 지금은 어떻지? 주민번호상에도 존재하지 않는 당신이란 혼돈을 만들었잖아. 즉, 언제나 질서와 조화를 추구하던 현실이 그 자신의 규율을 깨트린 상황이란 거야."

듣고 보니 그렇다.

만약 전처럼 상황에 맞게 현실이 바뀐 것이라면 내가 아예 없는 존재가 아니라, 다른 가정에서 태어난 상태라든가 고아인 상황이 만들어졌어야 했다.

그런데 지금의 나란 존재는 절대로 있을 수 없는, 카오스 그 자체가 아닌가.

"흠, 그것보다도 난 당신의 아버지란 존재가 더 신경 쓰이는걸."

"아버지…… 요?"

"당신도 알고 있을 텐데. 당신 아버지란 존재가 지금 가장 혼돈 그 자체라는 것을."

"……"

난 입을 열 수 없었다.

그래, 사실 나도 계속 가슴에 걸렸던 문제다.

어째서 아버지가 살아 있는지에 대해서.

이세계에 운명을 바꿔 죽을 운명을 살리거나 사는 운명을 바꿀 순 있다. 하지만……

이미 죽어 사라진 운명을 되돌리는 건 불가능하다.

그렇다면 살아 있는 아버진 대체 무슨 의미란 말인가.

"이미 질서 자체가 깨진 상태니 어찌 되든 상관없다는 걸까. 아니면 이곳은 당신이 아는 평행 세계 자체가 아니다? 으음, 그건 말이 안 되겠지. 후자가 맞다면 이곳으로 운명의 실을 타고 넘어올 수도 없을 테니까."

"후우, 어렵네요. 대체 지금 상황이 어찌 된 걸까요."

"나도 몰라."

세라 박사는 생각할 것도 없이 바로 말했다.

"그럴 수가. 세라 박사님마저 알 수 없다면 저는……."

"하지만 추측은 할 수 있지."

내 좌절 섞인 목소리가 다 끝나기도 전에 그녀는 다시 말했다.

"추측…… 이요?"

"그래, 오컬트 같은 이야기는 오컬트 같은 추측으로 대응할 수밖에 없다는 결론이 나왔어. 이런 이야기에 현실성을 대입시켜 봐야 바보 같을 뿐이지. 나머진 추측을 근거로 직접 발 벗고 뛰는 수밖에 없잖아?"

그 말에 난 입을 떡 벌렸다.

"바보 같은 표정 짓지 말고 여기를 봐."

세라 박사는 그런 나를 흘겨보며 수첩을 내밀었다.

"중요한 건 '누가, 어째서, 왜' 정도겠지. 자, 하나하나 따져 보자. 대체 누가 너를 이렇게 만들었지?"

"누가? 그건 운명의 실이? 으음, 아니면 지구가?"

"멍청하네. 신인 게 당연하잖아."

세라 박사는 들고 있던 펜으로 내 머리를 살짝 툭 치며 말했다.

난 머리를 맞은 충격보다도 그녀가 한 말에 더욱 경악했다.

"신이요오?"

"그래, 신. 당신이 알고 있는 기독교 신이나 불교, 힌두교 등등 세상을 만들고 만물을 창조한 신. 아니면 운명을 관장하는 신이라고 해야 할까?"

"아니, 신이 존재해요?"

"말했잖아, 추측이라고. 있건 없건 그건 중요하지 않아. 지금 중요한 건 이 상황을 벗어나는 것이잖아?"

"그, 그렇긴 하죠."

"그럼 신의 존재 여부를 논하지 말고 대체 어느 신이, 또는 신에 근접한 자가 자신을 이렇게 만들었을까를 생각해 봐."

"그런 신이라면…… 아! 모이라이! 운명의 세 여신이 있었죠!"

"모이라이. 북유럽 신화의 운명의 세 여신인가. 그것

도 내가 말해 주었다고 했었지?"

"네, 운명의 실 설정상 그쪽이 모티브에 근접하다고 말씀하셨었어요."

"응, 맞아. 지금 내가 생각해도 그렇거든. 그럼 모이라 이가 범인이라 추론하고 그 모이라이와 비슷한 설정의 신이 그 세상엔 있어?"

"그 세상이라면…… 이세계를 말씀하시는 거예요?"

"그래, 그 이세계. 마법과 신이 실제로 존재하며 힘을 구사할 수 있다는 판타지 세계 말야."

"그렇군요! 그 세계는 정말 신이 존재하니까! 그런 뜻이었군요! 이제 알겠어요!"

"알아채는 게 너무 늦어."

작은 핀잔에 무안해서 머리를 긁적였다.

"죄송해요. 그런데 그런 방면엔 알아보질 않아서 있는지 없는지 잘 모르겠어요."

"그럼 아는 것만 말해 봐."

"음, 그 세계에 가장 대표되는 교단은 그웬델이 있어요. 여름과 태양의 신인 누트(Nute)와 가을과 풍요의 여신인 눈(Noun)을 따르죠. 신성 왕국으로 자리한 까닭에 자세히 알고 있었어요."

"그리스 로마 신화의 태초의 신 우라노스와 가이아 같은 느낌인가?"

"거기까진 자세히 모르겠지만 분명 창조신이라고 들었어요."

"흠, 그래? 어쨌건 '누가' 는 이 정도면 됐나. 그럼 다음으로 '어째서' 를 알아볼 차례야. 이건 무엇 때문이라고 생각해?"

그녀는 내게 물었다.

난 잠시 고민하다 조심스럽게 입을 열었다.

"내가…… 정해진 운명을 자꾸 비트니까?"

"정답이야. 머리가 아주 돌은 아니구나."

이게 칭찬인지 아닌지 조금 헷갈린다.

그나저나 병원에서는 이해심 많고 착한 분이라 생각했는데, 알고 보니 한 성격 하시는 분이시네.

"이건 내가 봐도 그것밖에는 없어. 무언가 이유가 있다면 그것 때문이겠지. 그럼 다음 '왜' 그런 걸까? 이 부분은 아까 잠시 고민해 봤는데 한 가지 짚이는 게 있었어."

"짚이는 것이요?"

"응. 당신은 이미 몇 달 전부터 운명을 바꾸기 시작했다고 했지? 그런데 최근 이런 상황에 처하게 된 거고. 왜 하필 지금 이렇게 된 걸까? 무언가 이유가 있지 않을까 생각해 봤는데 딱 하나 있었어. 바로 전쟁."

"전쟁."

난 머리에 각인시키듯 그 단어를 중얼거려 봤다.

세라 박사도 수첩에 전쟁이라 적으며 말을 이었다.

"이번에 당신이 바꾼 운명은 여명의 여제만이 아냐. 당신의 존재로 인해 반란 전쟁이 일어났고, 또한 저지시켰지. 결론적으로 수많은 살 운명의 사람들이 죽었으며, 또 죽을 운명의 사람들이 살게 되었어."

"잠깐만요. 그 말은 그럼……."

"이번 사건으로 당신이 운명을 뒤튼 건 수백, 많으면 수천 이상이 되었다는 말이지."

난 생각지도 못한 말에 그저 입만 뻥긋거렸다.

"그 정도로 운명을 뒤틀면 현실은 어떤 형태로 바뀔까? 빌딩이 무너지는 정도? 아니면 천재지변? 단순히 현실만이 아니라 이세계 또한 무언가 영향을 끼치는 건 아닐까? 만약 그러한 것들이 과부화한 상태로 발전된다면? 또는 운명이 계속 바뀌면 좋지 않은 일이 생겨난다거나? 그 전부다 '왜'로 상정할 수 있어. 이것만 정확히 알아낸다면 다시 원래대로 돌아올 방법도 찾을 수 있을지도 몰라."

"그걸 어떻게 알아내죠?"

"아는 사람을 찾아야지."

"아는 사람이 있기나 할까요?"

"꼭 없으리란 법도 없어. 예를 들어 당신처럼 이세계

를 오갈 수 있는 사람을 찾는다든가."

"네에에?"

난 기가 막혀 말을 길게 이었다.

하지만 세라 박사는 농담이 아니었는지 진지한 표정 그대로였다.

"당신을 포함한 대부분의 사람이 저지르는 착각이 하나 있어. 그건 바로 오직 자신만이 가능하다고 생각한다는 점이야. 어째서 운명의 실을 보고 사용할 수 있는 자가 자신뿐이라고 생각하는 거야? 신에게 선택받은 인간이라도 된다 생각해? 세계는 넓고 인간은 많아."

"하지만 그래도 그렇지. 저처럼 이세계를 오갈 수 있는 사람이 어디 있⋯⋯."

난 말하다 벌떡 자리에서 일어났다.

아냐, 있었어. 그래, 분명히 있었어!

"있어요! 윈드 소드의 주인! 한때 용자라고 불렸던 이계인이 있었다고 분명히 들었어요!"

"잘 모르겠지만 그럼 쉽겠네. 자, 그럼 이제 당신이 해야 할 일은 정해졌어. 가장 최우선적으론 이계인이라는 사람의 흔적을 찾아. 직접 만날 수 있다면 더없이 좋겠지. 그리고 다른 건 모이라이 운명의 신에 대해 조사하고, 그 신과 비슷한 신이 이세계에 있는지, 또는 신과 비슷한 장소나 보물 같은 것도 좋아 뭐든지 찾아봐. 분명 그중에서 원하는 힌트를 찾을 수 있을 거야."

세라 박사는 명쾌히 목록을 정리한 수첩을 내게 건네주며 말했다.

난 떨리는 가슴을 끌어안은 채 조심히 수첩을 건네받았다.

이걸 조사한다면, 나를 오빠라 불러 주는 동생이 있는 곳으로, 나를 기억하는 어머니와 친구가 있는 곳으로 잘하면, 잘하면…….

돌아갈 수 있을지도 몰라.

"감사합니다! 정말 감사해요!"

"아직 전부 해결된 건 아니야. 고작 보이지 않았던 길이 나타난 것에 불과해."

"아니에요! 그것만으로도 충분해요!"

"그래? 도움이 되었다니 다행이네."

그녀는 그렇게 말하며 펜을 탁자에 내려놓고 와인을 홀짝였다.

"벌써 날이 밝았네."

잔 안에 담긴 와인을 흔들던 그녀는 돌연 푸르게 변한 세상을 지그시 바라보며 감평하듯 중얼거렸다.

나 역시 그녀의 시선을 따라 창밖으로 고개를 돌렸다.

높은 빌딩 위에서 아래를 내려다보는 새벽 도시의 경치는 그야말로 장관이었다.

푸르게 물든 건축물들 하나하나가 그림 같이 웅장하다
고 할까?

"만약."

내가 그런 생각을 하는 그때, 그녀의 말이 다시 들려왔
다.

내가 고개를 돌리자 그녀는 뒤이어 말했다.

"본래 세상으로 돌아간다면 나는 당신이란 존재를 잊
게 되는 건가?"

"……그건 잘 모르겠지만 아마도 그럴 거예요. 지금까
지 그랬으니까."

"……그렇군. 자, 이제 여기 있을 이유는 없어. 돌아
가서 당신의 길을 찾아봐."

그녀는 그렇게 말하며 내게 오른손을 내밀었다.

자신의 운명의 실을 타라는 뜻이리라.

"감사합니다. 이 은혜 잊지 않을게요."

"어찌 갚으려고? 여기 다시 올 생각이라면 사양하겠
어. 그보다 어서 증명해 봐. 당신이 말한 모든 것들이 진
실이라는 것을."

그 말에 난 작게 웃었다.

아직도 의심을 전부 버리지 않았다는 건가? 의심이 많
은 건지, 조심성이 많은 건지.

난 그녀 운명의 실에 내 운명의 실을 감았다. 그러자

인연이 엉키듯 서로 얽혀 드는 두 가닥의……!

어쩐지 이세트의 운명의 실을 보았을 때보다도 더 흐려진 느낌이다.

음, 아니야. 단순한 착각인가.

"응? 뭔가 문제라도?"

"아, 아니에요."

움직이던 손을 멈추자 의아한지 내게 묻는 세라 박사.

난 어색하게 웃으며 급히 운명의 실을 꼬았다. 그리곤.

"너의 삶은 너의 것이다. 좋은 말이에요."

쑥스럽게 말을 마치곤 실을 잡았다.

"세상에 놀라워……."

놀란 그녀의 목소리는 끝까지 들리지 않았다.

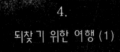

4.
되찾기 위한 여행 (1)

"그녀가 그랬단 말이지."

"네."

살에는 듯한 바람이 피부를 치며 지나간다.

짐승의 털로 완전무장했음에도 추위를 이기지 못해 난 몸을 부르르 떨며 여제의 물음을 답해 주었다.

"하룬, 명예의 전당은 왕궁성 가장 안쪽에 있어. 사전에 얘기는 다 해 놨으니까 조금만 더 가면 될 거야."

아나스타샤 황녀도 추위에 약한 건지 손으로 양팔을 감싸며 내게 말했다.

지금 내가 서 있는 곳은 동부 지역, 북동쪽 끝에 위치한 프리펄츠 왕국 국경 지역이다.

이곳은 바다의 여신인 헤오라의 입김이 닿은 곳이라 사계절 중 2계절이 겨울이고, 나머지도 가을 같이 쌀쌀한 날씨가 유지되는 곳이라는데, 그래서인지 사방이 눈으로 가득 쌓여 있었다.

내가 찾는 전설의 용사의 흔적은 고대부터 시작된 수많은 영웅을 기리기 위해 만들어진 명예의 전당에 있다고 하는데, 그곳이 위치한 자리가 눈의 나라라 불리는 프리펄츠 왕국인지라 나와 여제, 그리고 아나스타샤 황녀와 함께 워프 포탈을 타고 이곳으로 이동한 것이다.

"그나저나 여기 엄청 춥네요."

"더 안쪽으로 들어가면 본격적으로 추워질 거다."

"어라? 사라는 이곳에 온 적 있어요?"

그녀는 내 질문에 잠시 프리펄츠 왕국성을 바라보다 작게 고개를 끄덕였다.

"이곳엔 조사의 흔적도 있으니까."

"글로리시나라는 조사님이시죠?"

"그래. 내가 가장 존경하는 분이시지."

"여제님도 오신 적 있으시군요."

"아샤도 온 적 있어?"

"그야 물론이지. 아니, 그전에 하룬 너는 내가 좋아하는 분이 누군지 알잖아? 설마 얼굴도 모르고 사랑에 빠진 거라 생각하는 거야?"

"아, 그렇구나."

하긴, 그녀가 여기 온 적이 없었다면 오슬러 드 프리펄츠란 자를 알고 있을 리도 없었겠지.

"너무한다. 그래도 내 딴엔 친구라 생각했는데 전혀 관심도 없었을 줄이야. 조금 충격."

아나스타샤는 과도한 몸짓으로 상심한 척 연기하며 나를 난처하게 만들었다.

사실 이번 여행은 나와 여제만 가려고 했었다.

그런데 생각보다 나와 여제의 존재가 상당히 커서 여행 가듯 프리펄츠 왕국에 들어갈 수 없었던 덕분에 마카로니 제국 정식 사절단으로서 아나스타샤 황녀를 보필하는 임무로 오게 된 것이다.

"으, 춥다. 난 벌써 세 번째지만 이 추위는 여전히 익숙해지지 않는다니까."

"괜히 미안하네. 나 때문에 아샤까지 오게 만들어서."

"응? 아아, 상관없어. 나도 오고 싶었고. 오히려 마침 잘됐다, 싶어 내가 떼써서 따라온 거니까."

그녀는 앙증맞게 혀를 빼쭉 내밀며 말했다.

"험, 험험! 전하…… 제발 체통을……."

이번 사절단으로 동행한 마카로니 제국 황궁 집사 지그르드 안티온이란 자가 헛기침하며 황녀를 말렸다.

"괜찮아. 여긴 귀족들도 없으니까.

"아, 아무리 그래도⋯⋯."

"됐고, 슬슬 출발하자. 여기 더 있다간 동상 걸리겠어."

"⋯⋯알겠습니다. 짐은 다 실었나! 빨리 준비하라! 곧 출발한다!"

집사는 그늘진 얼굴로 작게 한숨을 내쉬곤 열심히 짐을 마차에 싣고 있던 시종들에게 명령했다.

난 잠시 안쓰러운 눈길로 집사를 바라보았다.


"마카로니 제국 사절단을 환영합니다!"

"마카로니 제국 사절단을 환영합니다!"

이미 얘기가 되어있어서 그런지 우리가 왕국에 도착할 땐 이미 수많은 귀족들과 기사, 그리고 프리펄츠 왕까지 직접 나와 우리를 맞이해 주었다.

"우리 프리펄츠 왕국에 온 걸 환영하는 바이오."

프리펄츠 왕국 국왕의 첫인상은 마치 마챈챈 씨가 떠오르는 듬직한 인상의 아저씨였다.

짐승의 털옷을 잔뜩 껴입고 있었음에도 그 커다란 덩치가 가려지지 않을 정도로 위풍당당해 보였다.

그 옆에는 나랑 나이가 비슷, 조금 많은 정도의 흰머리 남자가 서 있었는데 나는 한눈에 그가 프리펄츠 왕국의 일곱 번째 소드 마스터이자 태자인 빙하의 눈꽃 오슬러

드 프리펄츠라는 걸 알아볼 수 있었다.

그는 아나스탸샤가 반할 정도로 예쁜 외모를 하고 있었다.

남자지만 머리만 길면 여자로 보일 정도랄까?

정말 이렇게 보니 어째서 그가 빙하의 눈꽃이라 불리는지 알겠다.

"환대해 주셔서 감사드립니다. 마카로니 제국을 대표해 인사드립니다. 아나스타샤 메이릴 드 마카로니입니다."

"허허허! 오랜만에 뵙는구려, 아나스타샤 황녀."

"다시 뵙는군요, 아나스타샤 황녀님. 그 아름다운 모습을 보니 마치 이곳에 봄이 온 것 같습니다."

"과찬이에요."

조금 전 나와 대화를 나눌 때와는 너무도 다르게 황녀의 몸가짐으로 예의 있게 오슬러 왕자의 말을 받는 아나스타샤 황녀.

그 모습이 마음에 들었는지 왕자의 표정이 부드러워졌다.

난 그 모습을 보며 속으로 생각했다. '정말 여자란 여우가 맞구나' 하고.

응? 내가 너무 둘을 뚫어지게 바라보았던 걸까?

오슬러 왕자와 눈이 마주치고 말았다.

난 다급히 시선을 피했지만 어째서인지 왕자는 좀체 내게 시선을 거두지 않았다.

"그대로군요."

"……네?"

그리고 이어진 그의 냇물 같은 맑은 목소리.

의아해 되묻자 그는 내게 한 걸음 다가오며 다시 말했다.

"전격의 공작을 이긴 여덟 번째 피스트 마스터 일격의 주먹. 맞지요?"

"어, 저기 그게……."

"맞아요. 이분이 제국의 자랑인 피스트 마스터예요."

내가 우물쭈물하자 아나스타샤 황녀가 대신 말해 주었다.

"역시나. 반갑습니다. 오슬러 드 프리펄츠라 합니다."

"하룬 러셀 윈덜트입니다."

그가 손을 내밀기에 예의상 잡아 주었다.

그런데 어째선지 마주 잡은 손에서 강한 압박이 느껴졌다.

그의 표정도 조금이지만 굳어 있다.

이거…… 무슨 의미지?

"하하하하! 이렇게 반가운 손님을 이렇게 잡아 둘 수야 없지. 어서 들어오시게. 길을 열어라! 나팔을 불어 손님을 환대하라!"

의미를 알 수 없는 분위기는 왕의 외침으로 인해 깨졌다.

오슬러 왕자는 조금 전 예의 있는 평소의 표정으로 돌아와 싱긋 웃으며 먼저 왕을 따라 프리펄츠 수도 안으로 들어가 버렸다.

"왜 그래?"

굳은 내 얼굴을 본 건지 아나스타샤 황녀가 다가와 조심히 물어 난 쓰게 웃었다.

"아뇨. 아무것도 아니에요. 가죠. 여기 눈이 너무 많네요, 황녀님."

"응? 아, 으음. 흠흠. 그럼 가시죠, 일격의 주먹님."

그녀도 주위에 눈이 많을 걸 인식한 건지 뒤늦게 존댓말하며 마차에 올라탔다.

"개의치 말거라."

역시나 여제는 알고 있었는지 아나스타샤 황녀가 사라지자 조심히 내게 다가와 말했다.

난 조금 뻐근해진 손을 주무르며 옆에 있는 여제에게 물었다.

"제가 뭔가 잘못하기라도 했나요?"

"아니, 그저 질투하는 것뿐일 거다."

"질투요?"

"1년 전, 빙하의 눈꽃은 전격의 공작에게 대결을 신청해 졌었거든."

……그런 일이 있었던가.

난 저 멀리 앞장서 걸어가는 오슬러 왕자를 바라보았다.

그가 전격의 공작과 대결이라.

그땐 어떤 식으로 싸웠을까?

전격의 공작은 무슨 생각을 했고, 오슬러 왕자는 무슨 기술을 이용해 대결에 임했을까.

난 상념에 젖은 채 한동안 오슬러 왕자의 뒷모습만 바라보았다.


시간이 흘러 우린 잠깐 왕을 접견하고(황녀는 제국 사절단으로서 이야기 나눌 게 있는 건지 자리에 남았다)곧바로 오슬러 왕자의 안내로 목적지인 명예의 전당이 있는 곳으로 이동할 수 있었다.

명예의 전당이 위치한 곳은 왕성 서쪽 방향 끝에 위치해 있는데, 난 가면서 어째서 프리펄츠 왕국에 명예의 전당이 있는지 오슬러 왕자를 통해 전해 들을 수 있었다.

본래 명예의 전당은 그저 이름만 남았을 뿐, 거의 소실되어진 상태였다고 한다.

그런 전당을 프리펄츠 왕국으로 이전시킨 건 다름 아

닌 이계인, 용사라고 그는 말했다.

"어째서 용사는 프리펄츠 왕국으로 전당을 다시 세울 생각을 했을까요?"

"용사는 프리펄츠 왕국과 관계가 깊었다. 용사라는 위명을 얻게 되는 곳이 바로 여기였으니까."

여제는 팔짱낀 채 걸으며 자신이 아는 것을 대답해 주었다.

프리펄츠 왕국에 오기 전 여제의 이야기를 듣기론 용사는 이 왕국에서 10만의 오크를 격퇴함으로서 진정한 용사로 불리기 시작했다고 한다.

그 후로도 마카로니의 대제인 존셀과 결투를 벌였던 거라든지, 드래곤의 가호를 받으며 귀향했다든지, 조금 믿을 수 없는 동화 같은 이야기도 많았지만, 여하튼 그의 업적은 수를 셀 수 없을 정도로 많았다.

"다 왔습니다. 이곳이 명예의 전당 입구입니다."

"와……."

난 명예의 전당 입구에서부터 입을 다물지 못했다.

그도 그럴 것이 아직 전당 안으로 들어가지도 않았는데 길게 늘어서 있는 조각상들이 가득했기 때문이었다.

대충 10미터는 될 법한 크기의 조각상들이 저마다 멋진 포즈를 취하며 길가에 이어져 있었다.

조각상 밑에는 그 영웅의 이름과 시기, 영웅이 남긴 말이나 포부 같은 것들이 음각되어 있었는데, 나는 그런 모습을 보며 생각보다 이 세계에 영웅들이 많았다는 걸 깨달을 수 있었다.

하나 그건 전부 극히 감동의 일부에 불과했다.

진정 내가 감탄한 것은 바로 전당 자체.

마치 베드로 성당이 생각날 법한 웅장함과 크기, 돌기둥 하나하나까지 예술가의 혼이 담겨 있는 듯한 세밀함이 느껴졌고, 그것이 겨울의 분위기와 어울려 한껏 자신을 뽐내고 있었다.

진심으로 난 아무 말도 할 수 없었다.

이것이 명예의 전당. 모든 영웅을 기리며 만들어진 대륙의 박물관이란 곳인가.

"놀란 모양이구나."

"정말…… 대단해요. 이걸 사람이 만들었다니. 대체 몇 년이나 걸렸을까요?"

"전당이 완공된 건 자그마치 20년의 세월이 걸렸죠. 그 후로도 지금까지 차근차근 보수해 나가 이러한 모습이 되었습니다."

내 감탄 섞인 물음을 답해 준 건 오슬러 왕자였다.

세상에 20년이라니…… 성하나 짓는 데 20년이 걸렸단 말야?

"이 정도로 놀라서야 되겠느냐. 안쪽은 더 대단하다."

"안쪽이요?"

의아해 묻자 여제는 내 오른손에 착용되어져 있는 윈드 건틀렛을 턱짓하며 말했다.

"네가 찾는 그 인물의 흔적이 있는 곳이니까."

난 말없이 윈드 건틀렛을 내려다보았다.

그러고 보니 페어리 검이라는 윈드 소드의 본 주인은 용사였지.

혹시 이 녀석도 본 주인의 흔적이 있는 곳인 걸 알고 있을까?

우우웅.

내가 생각하기 무섭게 윈드 건틀렛에서 작은 공명이 느껴졌다.

우와, 놀랍다. 지금 내 물음에 답해 준 거야?

"들어가시죠."

오슬러 왕자는 차분히 나와 여제를 이끌며 안으로 들어갔다.

하, 여제가 그리 말한 것도 이해가 가네.

전당 안을 들어가자마자 내가 본 건 벽과 천장까지 빼곡하게 그려져 있는 벽화였다.

한눈에 다 들어오지도 않는 그림들의 향연.

그림 하나하나가 영웅의 업적을 기린 모습을 나타내고 있었는데, 시스틴 성당 안에 있는 미켈란젤로의 천지창조를 보면 이러한 기분이 들까?

감동이 밀려와 그 자리에 우뚝 서서 주위만 두리번거렸다.

"이 벽화는 모두 전란의 시대에 있었던 영웅들의 업적을 그림으로 표현한 것입니다. 혹시 일격의 주먹님은 전란의 시대에 대해 알고 계신가요?"

"조금은요. 수많은 영웅 호걸들이 자웅을 겨뤘던 시대라고 알고 있어요."

내 답변에 오슬러 왕자는 작게 고개를 끄덕였다.

"맞습니다만, 그것이 전부는 아닐지도 모릅니다."

"그게…… 무슨 뜻인가요?"

"저는 이것을 '이계인의 난'이라 부릅니다."

"이계인의…… 난이라고요?"

대체 이게 무슨 소리인지 이해가 가지 않아 물었다.

그건 여제도 마찬가지였다.

오슬러 왕자는 우리가 그런 반응을 보일 거라 예상했던 건지 슬쩍 웃었다.

"고서를 보면 전란의 시대엔 태생을 알 수 없는 수백 명의 영웅들이 한꺼번에 나타났습니다. 용사를 포함해서요. 저는 몇 년 동안 그 영웅들의 행적을 조사해 봤지만, 역시 그들의 태생은 찾을 수 없었습니다. 아니, 없었습니다. 마치 어느 날 하늘에서 뚝 떨어진 것처럼요. 한두 명이라면 모를까, 수백 명의 태생을 알 수 없다는 건 있을 수 없는 일입니다. 그래서 저는 혹시 전란의 시대에 나타났던 수백 명의 영웅들도 모두 용사와 같은 이계인이 아닐까 하는 추측을 했습니다."

나는 그 말을 듣고 도무지 믿기지 않아 멍하니 입만 벌렸다.

수백 명.

전란의 시대에 갑자기 나타난 영웅들이 전부 이계인일지도 모른다고?

"터무니없군. 설혹 그 가설이 맞는다 하더라도 수백 명의 이계인이 이 대륙에 나타날 이유가 없지 않나."

여제가 핵심을 걸고 넘어졌다.

그래, 이유가 없다.

또한 정말 오슬러 왕자 말마따나 그 영웅들 전부가 이계인이라면 서로 합심해 본래 세계로 돌아가는 길을 찾지, 죽자 살자 전쟁을 벌일 리가 없지 않겠는가.

그 부분에 대해선 오슬러 왕자도 답변하기 어려운지 안타깝게도 고개를 저었다.

"아쉽지만 저도 명확한 답변은 찾아내지 못했습니다. 하나 용사가 남긴 암호를 푼다면 답에 근접할 수 있지 않을까 생각합니다."

"용사가 남긴…… 암호요?"

"아, 미처 설명하지 않았구나. 이곳에 용사가 남긴 암호가 수록되어 있다. 겉으로 보기엔 무슨 글자 같은데…… 마법사도, 언어학자도 지금까지 해독하지 못했다고 한다."

"글이라기보단 주술적 의미가 있거나 드래곤이 마법으로 암호화시킨 게 아닐까 학자들은 판단하고 있습니다."

"그런 게 있었군요."

"다 왔습니다. 이 문 너머에 용사와 그의 추종자들의 기록이 수록되어 있습니다."

오슬러 왕자는 어느 거대한 문을 가리키며 말했다.

우웅, 우우우웅.

문에 가까이 다가오기 무섭게 확연히 팔에 전해질 정도로 윈드 건틀렛이 울기 시작했다.

덕분에 괜스레 나까지 긴장돼 침을 꿀꺽 삼켰다.

이 문 너머에 여제가 존경하는 조사도, 마카로니 제국을 만든 존셀 대제도, 그리고 내가 찾던 이계인 용사의 흔적도 있다.

잘하면 본래 현대로 돌아갈 수 있을지도 모를 단서의 흔적이.

끼이이익.

오슬러 왕자를 보필하기 위해 따라온 기사 둘이 앞서 나가 힘차게 문을 열어젖혔다.

그제야 난 문 너머의 모습을 구경할 수 있었다.

문 안쪽에서 제일 먼저 우리를 맞이한 건 거대한 두 조각상이었다.

하나는 남성, 또 하나는 여성이었는데, 전당 밖에 있는 조각상들과는 차원이 다른 20미터크기의 거대한 돌 조각상이었다.

"어라? 저 여성 조각상…… 사라와 닮지 않았어요?"

여성 조각상은 남자 조각상을 보필하듯 살짝 뒤에 배치되어 있었는데, 긴 생머리와 허리에 찬 레이피어, 팔짱 낀 채 조금 성난 듯 꾹 다물린 입 모양새까지 어쩐지 여제와 많이 닮아있었다.

"글로리시나 클라인드. 우리 가문의 조사다."

여제는 이해한다는 듯이 가볍게 고개를 끄덕이며 답해주었다.

"저분이 조사님이라고요? 정말 많이 닮았네요?"

"그럴 수밖에. 머리 모양, 검도 내가 따라 했으니까."

난 그 말을 듣고 나서야 어째서 여제가 레이피어 검을 선호하는 건지 알 수 있었다.

그렇구나.

여제는 조사를 그 정도로 존경했던 거야.

"잠깐, 저 여성 조각상이 사라의 조사님이라면 그 옆에 있는 남성 조각상은……"

"이계인 용사입니다."

말이 다 끝나기도 전에 오슬러 왕자가 답해 주었다.

과거 전란의 시대 때 클라인드 가문의 영웅인 글로리시나와 이계인 용사는 인연 깊은 사이였다고 한다.

얼핏 듣기로는 용사가 되기 전부터 만나 언제나 함께한 사이였다고 했으니 보통 인연이 깊은 게 아닐 것이다.

난 그러한 생각을 하며 바스타드 크기의 아름다운 검을 차분히 지팡이처럼 두 손으로 짚고 서 있는 용사의 조각상을 보았다.

저 검 단순한 조각상임에도 알겠다.

윈드 소드다. 용사가 사용했던 때의 윈드 소드 모습이 틀림없다.

난 말없이 용사의 조각상으로 다가갔다.

한 걸음 한 걸음 다가갈 때마다 윈드 건틀렛의 공명이 거세져 간다는 건 느낄 수 있었다.

처음엔 몰랐지만 지금은 확실히 알 수 있었다.

윈드 건틀렛은 추억을 회상하고 있다는 것을.

"용사와 너도 인연이 깊었던 모양이구나."

피식 웃으며 묻자 순간 건틀렛이 응답한 것처럼 작은 바람을 일으켰다.

난 좀 더 추억을 회상할 수 있도록 오른팔을 들어 조각상 가까이 윈드 건틀렛을 가져가 대 주었다.

번쩍.

"우왁!"

그러자 놀랍게도 윈드 건틀렛이 빛나더니 형상을 바꾸기 시작했다.

예전 레이피어 모습에서 건틀렛이 되었던 것처럼 건틀렛에서 거대한 바스타드 모양의 검으로 변화되기 시작한 것이다.

"놀랍…… 군요. 그 건틀렛, 윈드 소드였던 겁니까?"

오슬러 왕자가 눈을 크게 뜨며 감탄했다.

난 이제 완전히 바스타드 검 모양으로 바뀐 윈드 소드를 보며 중얼거렸다.

"이게 네 본모습이구나."

조각상과 판박이라 할 정도로 똑같은 모양의 윈드 소드.

그 아름다운 자태엔 정말 감탄밖에 흘러나오지 않았다.

[나의 주인과 같은 운명의 이계인이여, 선대 발자취의 흔적을 따라 그대와 나는 같은 운명을 공유할지니.]

들렸다.

공명 속에 섞인 노이즈 있는 목소리가 아니라 이번엔 명확히 들렸다.

"무슨 말이 하고 싶은 거야."

"하룬?"

"일격의 주먹님?"

윈드 소드의 목소리를 듣지 못한 건지 여제와 오슬러 왕자가 나를 불렀다.

지금 이 목소리는 나한테만 들리는 모양이구나.

[운명의 뒤틀림에 맞서, 나, 그대의 미래에 길이 되리라.]

윈드 소드는 그 말을 끝으로 허공을 한 바퀴 선회하더니 왼쪽 문을 향해 날아가 문에 검신을 박아 넣었다.

그 알 수 없는 행동에 나를 포함한 여제, 오슬러 왕자는 멍하니 윈드 소드를 바라만 보았다.

"의지를 갖고 저 혼자 날아다니다니…… 그야말로 성 검이군요."

"하룬, 윈드 소드의 목소리를 들은 게냐?"

"네…… 무슨 의미인지는 모르겠지만요. 오슬러 왕자님, 저 문 너머엔 뭐가 있죠?"

"저곳엔 용사와 그의 추종자들 기록이 문서로 보관되어 있습…… 설마."

오슬러 왕자는 말하는 도중에 무언가 눈치챈 건지 인상을 찌푸렸다.

나와 여제가 말없이 돌아보자 그는 조심히 생각하던 걸 답해 주었다.

"암호가 있습니다. 석판에 남긴 용사의 암호가 저곳이

에요."

그 대답을 듣고 나서야 나와 여제도 윈드 소드가 말하고픈 의미가 무엇인지 깨달을 수 있었다.

우리 셋은 말없이 용사의 기록 보관실이라 부르는 방을 향해 천천히 다가갔다.

기록 보관실에는 문서책들과 그림, 그밖에 영웅들이 사용했을 법한 무기나 갑옷, 생활 용품 등등이 전시되어 있었는데, 그중에 용사가 남긴 암호라고 하는 석판도 찾을 수 있었다.

석판은 귀중한 물품인 듯 가장 높은 단상 위에 전시되어 있었다.

우리 셋은 잠시 서로를 돌아본 뒤, 누가 먼저랄 것 없이 단상 위로 올라갔다.

"이게 용사가 남긴 암호 석판입니다."

"복잡한 문양…… 전에 봤을 때와 변한 건 없군."

"윈드 소드로 인해 뭔가 바뀌지 않았을까 기대했는데…… 제 생각이 틀렸나 보군요."

"윈드 소드는 내가 전에 왔을 때도 허리에 차고 있었다. 지금 같은 일은 일어나지 않았지만."

"그랬었죠. 으음, 혹시 윈드 소드를 이곳에 가져오면 어떨까요?"

"글쎄, 무언가 바뀌리라고 생각하긴 어려워 보이는데.

내가 보기엔 시간 낭비 같군. 그냥 다른 걸 조사하는 게 빠르겠어. 하룬, 내려가자. 응? 하룬?"

발길을 돌리려던 여제가 나를 보더니 우뚝 멈췄다.

그녀가 그런 행동을 취할 만도 하다.

그 정도로 지금 내 얼굴 표정은 말로 형용할 수 없을 정도로 기괴하게 변해 있을 테니까.

"이건…… 한글이잖아."

난 그 석판에 새겨져 있는 글씨가 세종대왕이 만든 대한민국 한글이라는 걸 한눈에 알아볼 수 있었다.

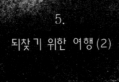

5.
되찾기 위한 여행 (2)

"한글?"

"그게 무슨 말입니까."

"내 이름은 신기석. 이곳에선 용사로 불리는 이계인이다. 설혹, 이 글을 읽은 수 있는 자가 있다면 묻겠다. 그대도 한국인인가."

"자, 잠깐, 하룬. 설마 너…… 저 문양을 해독할 수 있는 거냐?"

여제와 오슬러 왕자가 놀란 눈으로 나를 바라보았다.

나는 지금 이 일이 너무도 황당해 손으로 이마를 감싸 쥐었다.

"하, 하하하. 그래, 그런 거였나. 400년 전, 전란의 시대를 종식시켰던 용사는 한국인이었던 거야."

정말 헛웃음밖에 나오지 않았다.

이계인이라고는 했지만 조금도 생각하지 못했다.

그런데 설마 나와 같은 시대에 살았던 한국인이었다니.

운명.

나는 이 단어밖에 생각나지 않았다.

그래, 이건 운명이다.

이계인 용사와 나는 만날 수밖에 없는 운명으로 묶여져 있었던 거야.

여전히 문에 박혀져 있는 윈드 소드를 돌아보았다.

윈드 소드의 만남부터가 어쩌면 운명일지도 모른다.

아니, 그전에 여명의 여제와 만난 것부터, 어쩌면 지현이의 운명을 바꾸기 위해 죽음을 각오하고 엉킨 운명의 실을 움켜쥐었을 때부터일지도.

"나의 주인과 같은 운명의 이계인이여, 선대 발자취의 흔적을 따라 그대와 나는 같은 운명을 공유할지니. 운명의 뒤틀림에 맞서, 나, 그대의 미래에 길이 되리라. 이제 그게 무슨 말인지 알겠어. 네가, 네가 나를 이곳으로 이끌었던 거야. 맞지?"

내가 말하기 무섭게 잠잠했던 윈드 소드가 박혀 있던 몸체를 빼내 내게 날아왔다.

"너는 내게 이걸 보여 주고 싶었던 거구나. 나라면 분명 읽을 수 있다고 판단했던 거야."

윈드 소드는 답 없이 형상을 변환해 예의 건틀렛으로 돌아왔다.

난 그 건틀렛을 착용하며 여전히 놀라고 있는 여제와 오슬러 왕자를 번갈아 보았다.

"이제 알겠어요. 용사는 저와 같은 한국에서 온 인물이었어요."

"……그런가. 그래서 윈드 소드가 너를 인정했던 거구나."

"자, 잠시 만요! 지금 무슨 얘기를 하고 있는 겁니까! 현대라뇨!"

오슬러 왕자만 이해가 안 되는지 격하게 물어 왔다.

하나 그에게 대답해 주기 어렵기에 난 난처하게 웃곤 석판으로 시선을 돌렸다.

"아마 오슬러 왕자님이 기대하는 모든 답변이 이 글에 담겨 있을 것 같다는 생각이 들어요. 한 번 읽어 볼게요."

내 말에 오슬러 왕자는 더 이상 묻지 못하고 입을 다물었다.

보아하니 잔뜩 긴장한 것 같았다.

하긴, 그럴만도 한가.

난 차분히 석판을 내려다보다 슬쩍 여제와 오슬러 왕

자를 다시 돌아보았다.

그 둘은 말없이 고개를 끄덕여 준비되었다는 의사를
표현해 주었다.

난 차분한 목소리로 석판에 새겨진 글을 읽기 시작했
다.


『내 이름은 신기석. 이곳에선 용사로 불리는 이계인이다.
설혹, 이 글을 읽은 수 있는 자가 있다면 묻겠다. 그대도 한
국인인가. 만약 한국인이라면 그대에게 하지 못했던 내 이야
기를 전하고 싶다.

일찍이 내가 살던 곳은 대한민국 서울. 하반신 마비에 심
리적인 충격으로 말하지 못하는 동생과 둘이서 살아가던 그
저 그런 오빠에 불과했다. 그러던 내게 한 권의 책이 배달되
었고, 나는 그 책으로 인해 원치 않던 이계에 떨어지게 되었
다.

이 모든 것은 필멸의 사자 '그라시우드' 란 자의 계획하에
이루어졌다.


'싸워라, 그리고 쟁취하라. 승리한 자, 단 한 명만이 다시
본래의 세계로 돌아갈 자격을 얻을 수 있으리라'


그자는 나를 포함한 1000명의 사람들에게 강제적인 데

스 메치 게임을 시작하게 만들었고, 우리들은 단지 본래 세계로 돌아가기 위해 마치 원수지간처럼 세계 각지로 퍼져 서로 죽고 죽이는 전쟁을 일으켰다. 이것이 이곳 사람들이 알고 있는 '전란의 시대' 시초이다.」

"놀라워…… 그럼 전란의 시대는 1000명의 이계인들로 인해 일어난 일이란 말이 아닌가."

오슬러 왕자가 작게 중얼거렸다.

나 역시 읽으면서 한없이 놀라고 있었다.

신기석이라는 자는 비록 나와는 다른 사정으로 이곳에 오게 된 것 같지만 400년 전, 자그마치 1000명의 사람들과 함께 왔었다니.

"1000명의 이계인을 한꺼번에 차원 이동시킨 그라시우드라는 자 대단하군. 하룬, 어쩌면 그자가 널 본래 세계로 데려다 줄 수 있을지도 모른다."

"저도 그렇게 생각했어요. 일단 더 읽어 볼게요."

난 작은 희망을 안고 다시 석판을 들여다보았다.

『처음 본 이 세계는 그야말로 지옥이었다. 이계에 떨어진 지 단 나흘 만에 인원이 754명으로 줄 정도로. 기후 변화를 이기지 못해, 식량 문제, 몬스터에게 잡아먹히거나 서로를 믿지 못해 살육을 벌이는 등, 처절하고 안타까운 이유들 때문이었다. 나 역시 몬스터에게 잡아먹힐 뻔했고, 작은 굴 속에 들어가 몸을 웅크린 채 그라시우드를 증오하며 나흘을 버텼다.

나는 이 모든 일의 원흉이 그라시우드며, 우리는 서로 싸울 게 아니라 힘을 합쳐 악의 원흉을 무찔러야 한다고 생각했었다. 그것이 우리 모두가 살 수 있는 유일한 구원이라고 생각했었으니까.』

난 여기까지 읽다 무언가 이상함을 느꼈다.
어째서 과거형으로 글을 남긴 거지? 이건 마치……

『이 마음은 마지막에 와서 무너져 내렸다. 조금도 의심치 않았던 것이 진실로 표면에 나왔을 땐 정말 세상이 무너지는 줄 알았다. 그래, 그럴 수밖에 없었다. 그라시우드의 정체는. 내 동생이었기 때문이다.』

난 거기까지 읽다 입을 다물었다.
동생? 그 하반신 마비에 말도 못하는 동생이 그라시우드의 정체였다고?
"계속 읽어 봐라."
여제가 보챘다. 난 일단 의문을 접고 다시 석판을 들여다보았다.

『동생은 바로 나 때문에 이 모든 일을 계획했다고 했다. 그 말을 듣고 가장 먼저 든 느낌은 바로 죄책감이었다.

결론적으로 내가 1000명의 사람들을 끌어들인 것과도 같으며, 최종적으로 내가 743명을 죽인 것과도 같았다.

난 도저히 살아남은 257명을 볼 면목이 서지 않았다. 글로리시나는 내 잘못이 아니라고 타일렀지만 모든 원인은 나에게 있었다.

내 친우이자 살아 있는 고대의 역사인 카르세티리아는 말했다. 설령 그것이 진실이고 죄를 지었다 한들 과거에 얽매이지 말고 현재와 미래를 직시하라고. 그것이 인간이 가진 유일한 장점이 아니겠느냐고.』

"고대의 역사? 카르세티리아는 누굴까요?"

"드래곤."

"드래곤입니다."

여제와 오슬러 왕자가 동시에 말했다. 난 놀란 눈으로 둘을 번갈아 보았다.

"고대의 역사는 드래곤을 일컫는 말입니다. 역사책에서도 용사는 드래곤과 인연이 깊은 관계로 서술되고 있죠."

"드래곤이 정말 존재하나요?"

"400년 동안 모습을 보이진 않았지만 실존한다고 생각합니다."

난 믿겨지지 않았지만 지금은 그게 문제가 아니기에 다시 석판으로 눈을 돌렸다.

『그래서 난 이곳에 기록한다. 나로 인해 일어난 일들이 잊혀지지 않고 먼 미래까지 전해지도록. 그리고 여기에 뼈를 묻은 743명의 영웅들이 존재했었노라 길이길이 전해지도록.』

그로부터 이 밑으론 743명의 사람들 이름이 빼곡히 적혀 있었다. 난 가볍게 그 부분을 건너뛰고 시선을 내려 마지막 남은 한 줄기 글귀를 바라보았다.

『이상, 이곳에 남은 영웅들을 추모하며 여기에 이름을 남긴다.』

"……이게 전부예요."

"그런가."

여제는 잠자코 전부 듣고 나서 잠시 골몰히 무언가 생각하다 다시 입을 열었다.

"그라시우드의 정체가 용사의 여동생이라면 지금 살아

있는 건 불가능하군."

"이 글귀만으론 단서가 부족해요. 후우, 현대로 돌아갈 단서가 있을 줄 알았는데 죽은 영웅들을 추모한 글일 줄이야. 뭔가 찾았다고 생각했는데 원점으로 돌아왔네요."

"아니, 하나 찾았지 않느냐."

"네?"

"잘 생각해 보거라. 이 모든 일을 자세히 알고 있는 자가 딱 한 명 있지 않느냐."

"설마……."

"그래, 드래곤 카르세티리아. 하룬, 네가 현대로 돌아갈 단서는 그 드래곤에게 있어 보인다."

그래, 400년이 지나도 전란의 시대 때를 기억하며 당시 일을 겪었음에도 아직 살아 있는 자가 있다.

불멸의 존재로 일컬어지는 그 드래곤 카르세티리아라면 아직 살아있을지도 몰라!

"하지만 400년이나 나타나지 않았던 존재를 무슨 수로 찾는다고요."

"기, 기다려 보세요. 잘하면 찾을 수 있을지도 모릅니다."

그동안 여제와 내 말을 들으며 경악을 일삼던 오슬러 왕자가 갑자기 껴들었다.

여제와 내가 그를 돌아보자 오슬러 왕자는 눈가를 매만지며 혼란을 수습했다.

"자, 잠시 만요. 지금 머리가 혼란스러워 정리 좀 해야겠습니다. 후우, 대체 일격의 주먹님이 어째서 석판을 읽고 드래곤 카르세티리아를 찾는 건지 모르겠지만, 저희 프리펄츠 왕국에 기록을 살펴보면 드래곤이 있는 레어 위치를 찾을 수 있을지도 모릅니다."

"정말인가요?"

"아직 명확한 답은 내릴 수 없지만, 과거 현인의 눈꽃이라 불린 오르비안느 드 프리펄츠 왕후의 일기 기록에 당시 일들 세밀히 적혀 있다고 했습니다. 일단 따라오시죠, 그분의 일기장은 보물 저장실에 있습니다."

그는 빠른 발걸음으로 기록 보관실을 나갔다.

나와 여제는 잠시 서로를 마주 보다 이내 오슬러 왕자의 뒤를 쫓아 보물 저장실이 있는 곳으로 발걸음을 옮겼다.


"왜 부르셨어요, 아버지?"

윈덜트 저택 응접실에 도착한 소피아.

그녀는 껄끄러운 모습을 전혀 감추지 않은 채 조심히 문을 열고 안으로 들어갔다.

문 안쪽, 홍차가 놓여져 있는 테이블 의자엔 이미 그녀의 아버지인 바그다인이 자리하고 있었다.

"들어오자마자 본론이냐. 일단 앉거라."

"그냥 용건만 간단히 말해 주면 안 돼요?"

"안 된다."

"······하아."

그녀는 가시방석에 앉기라도 한 것처럼 불편하게 맞은편 의자에 자리했다.

그러자 마치 응접실에 냉기가 부는 것처럼 조용해졌다.

분명 벽난로가 활활 타오르고 있었음에도.

"언제까지 이곳에 네 용병들을 주둔시킬 생각이냐."

그런 정적을 깬 건 바그다인의 목소리였다.

소피아는 역시나 올 게 왔다고 느낀 건지 인상을 팍 구겼다.

"윽, 그게, 저도 돌아가라고 했는데, 자꾸 끈질기게 눌어붙어서······."

"하루 빨리 처리해라. 시민이 불편을 겪고 있다."

"아, 알고 있다고요! 하지만 그래도 그렇지, 제 동료들을 무슨 깡패처럼 보는 건 그만두세요!"

"처리해라."

"으으, 알았다고요. 안 그래도 저도 다시 떠날 생각이었어요. 그럼 얘기는 끝이죠? 저 갑니다."

"기다리거라. 아직 얘기 안 끝났다."

"네? 또 무슨 말이 남았는데요."

"좋아하는 남자는 아직 없는 게냐?"

"그러니까…… 응? 지, 지금 뭐, 뭐라고요?"

"좋아하는 남자는 아직 없느냐고 물었다."

"아니, 지금, 무슨, 자, 잠깐, 어, 어라? 아 뜨거!"

얼마나 당황했는지 손을 휘적휘적 젓다 막 시녀가 가져다준 홍차까지 엎지르고 말았다.

그 모습을 본 바그다인은 작게 혀를 찼다.

"쯧쯧, 소피아, 너도 슬슬 나이가 다 차지 않느냐. 네 배필 정도는 알아서 구하거라."

"아니! 그러니까 지금 그게 무슨 말이냐고요! 아버진 항상 윈덜트가를 위해 정략 결혼을 권하셨었잖아요!"

"그 말은 잊거라."

"그 말을 어떻게 잊어요!"

소피아는 버럭 소리 질렀다가 다급히 입을 손으로 막았다.

"으으, 하아, 죄송해요. 제가 조금 흥분했어요. 머리 좀 식힐게요. 메릴, 차가운 홍차로 다시 가져다줘."

"알겠습니다."

그로부터 메릴이란 시녀가 차가운 홍차를 가져올 때까지 둘 다 아무런 대화도 나누지 않았다. 물론 소피아는 감정을 수습하느라 정신이 없었던 것에 불과하지만.

"여기 있습니다."

"후우, 고마워. 맛있네……. 좋아요, 아버지. 대체 이제 와서 그런 말씀을 하시는 이유가 뭐예요?"

"더 이상 네가 방황하는 꼴을 보고 싶지 않아서다."

"……정말 그게 다예요?"

"그래."

바그다인은 작게 고개를 끄덕이곤 홍차를 입에 가져갔다.

"아버지…… 변하셨군요."

"그게 무슨 소리냐. 나는 항상 나였다."

"아니요. 변하셨어요, 확실히."

소피아는 확신하듯 말했다.

"예전에 아버진 절대로 그런 말 하실 분이 아니었어요. 오로지 명예와 윈딜트가의 명성만을 생각하는 그런 분이셨다고요. 그래서 저도, 에스다 오라비도, 하룬까지 매몰차게 대했었잖아요."

"……."

바그다인은 부정할 생각이 없는 듯 그저 말없이 홍차를 홀짝였다.

소피아는 그런 아버지를 보다 지친 건지 의자에 등을 깊게 파묻었다.

"하아, 대체 이게 무슨 일인 건지. 설마 명예를 중시하던 아버지에게 낯간지러운 소리를 듣게 될 줄이야."

"과거엔 몰랐었다."

"네?"

뜬금없이 시작된 바그다인 말에 소피아는 자신도 모르게 되묻고 말았다.

바그다인은 붉은 홍차를 내려다보며 계속 말을 이었다.

"명예와 윈덜트가의 명성보다도 더 소중한 것이 존재하고 있었다는걸."

"……."

"그러고 보면 자식들에게 몹쓸 짓을 많이 하고 말았구나. 너도 그렇고, 에스다, 하룬, 그 어린 이세트에게까지…… 이제야 에밀리가 했던 말이 이해가 가."

"어머니가 뭐라고 하셨었는데요."

"자식의 행복. 그것보다도 중요한 것이 어디에 있겠느냐고 했었지."

"……그런가요."

"일찍이 나는 윈덜트가의 기둥으로서 가문을 지킬 의무에만 가득 차 미처 너희를 돌아보지 못했다. 그리고 믿지도 못했지. 다들 이렇게나 훌륭하게 컸는데 말이다."

바그다인의 얼굴엔 회안의 빛이 떠올랐다.

소피아는 언제나 강하고 듬직했던 아버지의 모습이 한순간 늙고 외소하게 보인다고 느꼈다.

"여하튼 용건은 이게 다. 이제 나가 봐도 좋다."

"아버지……."

바그다인의 심적인 변화.

소피아는 분명 하룬의 변화가 아버지를 변화시킨 거라고 확신했다.

'단순히 아버지뿐만이 아냐. 나도, 이세트도, 이 저택의 모든 고용주도, 그리고 그 옹고집인 오라비까지도…….'

"아버지, 접니다."

"응? 에스다냐. 무슨 일이냐."

소피아가 생각하기 무섭게 나타난 에스다.

소피아는 생각하기 무섭게 나타난 에스다를 보곤 속으로 웃었다.

"이번 공훈에 대해 여쭤 볼 게 있어서요. 이것에 대해서 말인데요……."

"응, 으음. 그렇군. 이 일은 직접 폐하를 찾아가 봐야겠는걸."

"그럼 그렇게 알아 두겠습니다. 그런데 아버님, 하룬 녀석은 잘 도착했나요?"

"흠, 일주일 전에 도착했다는 보고는 받았다만, 그 이후 별다른 소식은 없구나."

"그런가요."

"우와, 오라비가 하룬 녀석을 걱정하다니. 정말 세상은 살고 볼 일이네."

"……그런데 너는 왜 여기 있는 거냐."

"왜? 나도 아버지한테 부름을 받고 찾아온 거라고."

"별일이 다 있군."

"그보다, 오라비! 지금 내가 아버지한테 정말 믿기지 않는 말을 들었는데 말이지!"

"소피아, 대체 넌 언제까지 에스다를 오라비라 부를 생각이냐. 다 큰 숙녀가 돼 가지곤 경망스럽게."

"어머, 이건 제 나름의 애칭이라고요."

"하아, 놔두세요."

에스다는 진심으로 포기한 건지 이젠 전혀 개의치 않아 하는 것 같아 보였다.

"역시 오라비도 변했네."

"이건 변한 게 아니라 포기한 거다."

"아니, 그거 말고."

"그게 아니면 무슨 말이 하고 싶은 거냐?"

소피아는 대답을 회피하기 위해 싱긋 웃어 보였다.

바그다인과 에스다는 그런 여자의 무기를 이기지 못해 고개를 절레절레 흔들었다.

"영주님, 드릴 말씀이 있습니다."

그때, 다시 문밖에서 들리는 또 다른 사람의 목소리.

바그다인은 그자가 총관 머라이트라는 걸 알아보곤 불러들였다.

"무슨 일인가."

"그게, 조금 특이한 일이 발생해서…… 오붓한 시간을 방해해 죄송합니다."

"그리 오붓한 시간은 아니었으니 괘념치 말게나. 그래, 특이한 일이란 게 무엇인가."

"지금 성문 밖에 산적으로 추정되는 일단의 무리가 나타나 농성을 벌이고 있습니다."

"음? 그런 건 알아서 해결할 수 있는 일 아닌가."

"그렇사온데…… 그들이 하룬 도련님을 뵙게 해 달라는 통에……."

"하룬을?"

"그것도 그렇지만 놀라운 건 그중엔 묘족 무리도 섞여 있다는 것입니다."

총관의 말에 에스다, 소피아, 바그다인 셋은 모두 눈을 끔뻑였다.


"나리, 들여보내 주십시오!"

"어허! 안 통행증이 없으면 안 된다니까 그러네!"

"정말 급한 일입니다! 성일…… 아니, 하룬을 만나게 해 주십시오! 마챈챈이 왔다고 하면 알 것입니다!"

"감히! 그분이 누군 줄 알고! 친구처럼 말하다니! 계속
이렇게 나오면 체포하겠다!"

문지기 병사가 완고하게 나서자 헐크는 안타까운 얼굴
로 마챈챈의 어깨를 잡았다.

"이거 안 되겠네. 일단 물러나는 게 좋겠어."

"크윽, 지금 이런 곳에서 시간을 허비할 때가 아니네!"

"지금 일이 시급하다는 것 정도는 나도 알고 있네. 하
지만 역시 우리 상황이 좋지 않아."

"이렇게 된 이상 어쩔 수 없네. 강행돌파하는 수밖
에."

"미, 미쳤나? 그랬다간 우리 다 죽어!"

"하룬에게만 도착하면 문제될 거 없네."

"그렇게까지 할 필요 있겠어? 어차피 그놈들이 들이닥
쳐도 이들의 문제잖나."

"이들만의 문제가 아니에요, 헐크 아저씨."

대화에 껴든 검은 털 묘족 마오.

그녀는 가슴에 손을 얹은 채 저 멀리 윈덜트 저택을 올
려다보며 말을 이었다.

"성일 님은 저희 떡잎나무 부족의 친우예요. 그러니
윈덜트가 역시 저희 친우입니다. 위험하다는 걸 알면서도
모른 채 할 수는 없어요."

"아무리 그래도 이런 막무가내는 무리라니까! 아니,

묘족들은 왜 이리 생각이 없나!"

"부두령, 그분은 저희 두령이기도 합니다. 이대로 보고만 있을 순 없어요."

"아론, 자네까지 그러긴가? 하여튼, 머리에 돌만 들어찬 건지. 알았네, 까짓 거 한 번 해 보자구!"

"뭐, 뭐야. 당신들 설마?"

"비켜라! 내가 바로 그 이름 높은 헐크다!"

"우와아아아아악!"

"뭐, 뭐야! 멧돼지 같은 놈이 달려든다!"

"마, 막아!"

"모두 멈춰라!"

접전이 벌어지려는 찰나, 한줄기 외침에 가장 앞서서 돌진하던 헐크, 마챈챈이 동시에 멈췄다.

한껏 창을 꼬나 쥔 채 연신 뒤로 물러나던 문지기 병사들도 멈췄다.

모두 그럴 수밖에 없었다. 그 목소리엔 마나의 힘이 실려 있었으니까.

"다행히 늦진 않은 모양이군."

"여, 여, 영주님을 뵙습니다!"

"영주님을 뵙습니다!"

텔레포트로 단숨에 날아온 바그다인.

그를 알아본 병사들이 일제히 무릎 꿇으며 예를 취했다.

"난장판이군."

"어머, 정말 묘족이네?"

뒤늦게 텔레포트로 나타난 에스다와 소피아.

소피아는 난장판이 된 상황보다도 묘족을 보았다는 게 더 신기한지 들뜬 얼굴로 그들에게 다가갔다.

"우와, 엘프보다도 보기 힘들다는 묘족을 여기서 보게 될 줄이야."

"당신은 누구요."

묘족 특유의 육감으로 상대가 만만찮다는 것을 직감한 마챈챈은 잔뜩 긴장한 얼굴로 물었다.

"역시 묘족의 감각은 유별나다더니. 인사할게요. 당신이 찾는 하룬의 누나인 소피아 이스 윈덜트입니다. 무슨 용건으로 찾아오셨죠?"

"그럼 당신이 성일…… 하룬 군의……."

"소피아 물러서거라. 커흠, 소란을 피운 자들은 들어라!"

상황을 수습한 바그다인이 뒤늦게 다가와 소피아를 뒤로 물리며 외쳤다.

그 외침엔 어마어마한 마나의 힘이 담겨 있어 묘족들 전부 털이 곤두서서 기겁한 표정을 지었다.

"이 무리의 수장이 누구인가."

바그다인이 근엄한 얼굴로 묻자 마챈챈과 헐크가 동시

에 앞으로 나왔다.

"내가 떡잎마을 부족의 수장, 마챈챈이오."

"내가 헐크 산적단의 부두령 헐크요."

"산적단? 묘족과 산적단이 함께라니…… 거참, 기괴한 조합이로군. 좋다, 이런 행패를 벌인 이유가 무엇이냐."

커다란 덩치 둘이 다가왔음에도 어쩐지 왜소한 바그다인이 더 커다래 보였다.

그걸 느낀 건 헐크와 마챈챈 본인들도 마찬가지인지 그 둘의 어깨가 잔뜩 좁혀져 있었다.

"하룬 군을 뵙게 해 주십시오!"

"꼭 그분을 만나 전할 말이 있습니다!"

"하룬을 만나게 해 달라…… 당신들이 하룬과 친분이 있다는 사실을 어찌 믿지?"

"그건……."

"그야 없겠지."

"크윽."

"난 당신 같은 자들을 수도 없이 봐 왔지. 묘족이 찾아온 것은 신기하다만 증명할 방법이 없다면 들을 가치도 없다. 물러서라. 더 행패를 부린다면 내 용서치 않겠다."

"부탁이에요! 얘기를 들어 주세요!"

위압에 짓눌려 입도 뻥긋 못하는 둘을 지나쳐 마오가 바그다인의 바지를 붙잡았다.

순간 바그다인의 눈이 험악해졌지만 그 상대가 어린 여성 묘족이란 걸 알고는 화를 누그러트렸다.

"놓아라."

"부탁입니다. 얘기라도 들어 주세요!"

"놓으라 했다."

점점 험악해지는 분위기.

마오는 죽기를 결심한 것처럼 아무리 살기를 내비춰도 바그다인의 바지를 놓아 주지 않았다.

"아버님, 일단 얘기라도 들어 보죠."

보다 못한 에스다가 나섰다.

그는 잔뜩 울먹인 채 부들부들 떠는 마오에게 다가가 눈가를 손으로 닦아 주었다.

"겁먹지 않아도 돼."

"당신은…… 성일 님과 닮았군요."

"성일?"

"하룬 님이요. 하룬 러셀 윈덜트 님."

"하룬과 내가?"

"응, 오라빈 하룬과 얼굴이 조금 닮았지. 이 아이 정말 하룬 녀석을 알고 있는 것 같은데?"

소피아가 고개를 주억거리며 말했다.

그렇게 소피아까지 껴들자 바그다인은 작게 한숨을 내 쉴 수밖에 없었다.

"하아, 알았다. 얘기를 들어 볼 테니 일단 놓거라."

"정말, 정말이죠!"

마오는 몇 번이나 물어봐 긍정을 받은 뒤에야 움켜쥐었던 손을 놓았다.

"후우, 그래서 대체 이런 일을 벌일 정도로 하고픈 얘기는 뭔가."

"위험해요! 이곳이 위험합니다!"

"위험?"

"대규모의 언데드 무리가 남쪽에서 북상하고 있어요!"

그 말에 바그다인은 물론이고, 그 자리에 있던 모든 이들의 눈이 한없이 커졌다.

6.

용의 근원

언데드.

사술로 인해 만들어진 살아 있는 시체를 부르는 말이다.

이들은 오로지 게걸스럽게 살아 있는 모든 것들을 먹어 치우며 그들조차 언데드로 만드는 역병과도 같은 존재였다.

묘족이 북상하는 대규모 언데드 무리를 발견한 건 일주일 전.

언데드인지라 속도는 더뎠지만 그들이 지나간 땅은 메마르고 부패했으며 썩은 시체 냄새밖에 남지 않기에 일의 심각함을 느끼는 데 그리 많은 시간이 걸리지 않았다.

"처음엔 남쪽 숲이 메말라 가는 걸 멀리서 목격했었습니다. 그땐 단순히 가을이 서서히 다가오려느니 했습죠. 한데 그게 아니었던 겁니다."

"묘족은 날씨에 대한 감각이 예민합니다. 그래서 저는 결코 가을 탓이 아니라는 걸 알았지요."

헐크와 마챈챈이 순서대로 말을 이었다.

바그다인은 진중한 얼굴로 탁자에 놓인 지도를 바라보며 물었다.

"자네들이 살았던 곳이 정확히 어디였는가."

"이곳, 최남쪽에 있는 바스칼 산맥입니다. 언데드 무리가 발견된 곳은 그보다 더 남쪽입니다."

"수가 얼마나 되는지 아는가."

"정확히는 알 수 없었지만 그 숲 일대가 전부 썩어 버린 것을 보면…… 족히 수만은 넘어 보였습니다."

"허어, 수만이라…… 자네들이 여기까지 온 데 걸린 시간은?"

"일주일이에요."

이번 물음은 마챈챈 대신 마오가 답했다.

바그다인은 경과한 시간을 듣곤 인상을 팍 찌푸렸다.

"언데드의 속도를 고려해 봐도 이제 곧 제국 국경선에 당도하겠군. 그럼 마지막으로 묻겠네. 그 언데드 무리는 무슨 종이었나."

"전부 인간이었습니다."

"……역시나 그런가."

"아버님, 역시……."

"그래, 진원지는 자간 왕국이겠어."

그 둘은 무언가 알아챈 건지 진중한 얼굴로 지도를 바라보았다.

"아버지, 오라비! 둘만 알고 있지 말고 속 시원하게 털어놔 봐. 궁금해 죽겠다고."

아직 눈치채지 못한 소피아가 보채자 에스다가 작게 한숨을 쉬며 손가락으로 지도를 가리켰다.

"너도 우둔하지 않으면서 왜 생각을 하지 않는 거냐. 여길 봐라, 언데드 무리가 나타난 곳은 바스칼 산맥보다도 남쪽, 자간 왕국이 위치한 곳이다. 그리고 우리도 모르고 있을 정도로 한순간에 나타난 대규모 인간 언데드. 이 정도만 해도 무엇을 뜻하는지 알 것 아니냐."

"언데드란 자연적으로 발생하는 몬스터 웨이브 같은 게 아니다. 악마나 흑마법사의 주술로서 벌어지는 역병과도 같은 것. 자간 왕국에서 지금까지 어느 도움의 요청도 없이 잠잠한 것을 보면 필시 그곳에서 무언가 일이 벌어진 것일 테지."

에스다의 말을 받아 바그다인이 설명했다.

소피아는 거기까지 듣곤 자신도 일의 경위를 알아채

입을 크게 벌렸다.

"그럼 수만 명의 인간 언데드들은 전부…… 자간 왕국 주민이라는 거 아냐. 세상에, 대체 무슨 일이 벌어진 거람."

"어찌 된 일인지는 모르겠지만, 지금 그게 중요한 것이 아니다. 서둘러 방책을 마련하지 않으면 우리 윈덜트가…… 아니, 마카로니 제국 전체가 자간 왕국처럼 변할 게야. 총관! 어서 이 일을 정확히 알아보고 가신 영주들에게 알려 대비케 하라!"

"알겠습니다!"

"난 폐하께 이 사실을 전해야겠다. 에스다, 그동안 윈덜트가의 영주 대리로서 이곳을 맡기마."

"네."

"자네들은 수고했네. 나머진 우리가 알아서 할 터이니 여기서 여독을 풀고 있게나. 내 하룬에게 연락을 취하라 했으니 조만간 돌아올……."

"영주님! 하룬 도련님 일로 급히 드릴 말씀이 있습니다!"

말이 다 끝나기 전, 문을 열고 잰걸음으로 다가온 집사.

하룬이 언급되어 마오의 검은 귀가 쫑긋했지만 뒤이어 들린 말에 축 늘어졌다.

"명령하신 일로 프리펄츠 왕국에 교신했습니다만 하룬 도련님은 이미 다른 곳으로 떠나셨다고 합니다."

"떠나? 어디로 갔다는 말인가."

"종적이 묘연합니다만, 소문을 듣기로는 드래곤을 찾는다고 하였습니다."

"드래곤?"

"하아, 미치겠군."

"그 녀석 대체 지금 뭐하고 있는 거야."

바그다인, 에스다, 소피아가 동시에 한소리 늘어놓았다.

그저 마오만에 걱정스런 얼굴로 성일을 생각할 뿐이었다.

"일격의 주먹을. 찾는 일은. 나이트 워커가. 맡지."

흠칫!

마오 바로 뒤에서 들린 사신의 목소리.

바그다인은 이미 이곳에 그가 있다는 걸 알고 있었던 건지 평정심을 유지하며 물었다.

"당신이 찾아 준단 말이오?"

"밥만 축낼 순. 없으니까."

짧게 한마디 한 쉐도우 소드는 그 말을 끝으로 다시 사라졌다.

가르벤 대륙 남쪽은 마치 줄을 긋듯 산맥들로 이어져 있는데, 동부 지역에 속한 산맥은 모두 미지의 산맥이라고 불렀다.

난 여제와 함께 프리펄츠 왕국 워프포탈을 이용해 남쪽 미지의 산맥으로 이동할 수 있었다.

"후우, 추운 것보단 낫지만 그래도 여긴 좀 많이 덥네요."

"게다가 습하군. 비도 잦아 습지대가 많다."

여제는 무릎까지 올라온 수렁을 빠져나오며 말했다.

드래곤 카르세티리아를 찾기 위해 미지의 산맥으로 들어온 지 벌써 사흘째.

분명 드래곤의 레어가 이곳에 있다는 건 알게 됐지만 이렇게 광범위한 곳을 찾는 건 역시 쉬운 일이 아니었다.

"슬슬 날이 저물겠군."

"그러네요. 오늘은 여기서 쉬어야겠어요."

오늘도 아무런 소득 없이 하루를 보냈다.

이러다간 1년도 더 걸리겠는걸.

크르르룽.

간신히 수렁을 다 빠져나와 평지로 들어서니 네 발 달린 호랑이 같은 몬스터가 우리를 맞이했다.

보통 사람이라면 여기서 기겁했겠지만, 여제나 나나 별다른 감흥도 오지 않았다.

이미 저런 몬스터와는 수십 번도 넘게 조우했었으니까.

"오늘 저녁은 저걸로 할까."

여제는 오히려 몬스터를 먹잇감으로 생각하는 모양이지만, 나는 조금 꺼려졌다.

비위가 상해서 그런 건 아니고, 저런 말 못하는 몬스터조차도 운명의 실을 가지고 있기에 죽이기 꺼려지는 것이었다.

몬스터에게도 운명의 실이 감겨 있지 않을까 생각했던 건 오래전이었지만, 직접 본 건 이곳에 와서 처음이었다.

여제는 내가 사는 현대에 짐승들이 운명의 실을 가지고 있는 것처럼 이곳도 마찬가지인 거라며 꺼려 하지 말라곤 했지만…… 현대의 고양이와 마오와의 관계 같이 몬스터와 현대 사람의 운명이 엮여져 있을지도 몰라 웬만하면 살려 보내 주는 쪽을 택했다.

"저리 가."

오러를 발산해 살짝 살기를 담아 말하니 몬스터가 금세 꼬리를 말았다.

이런 몬스터는 본능적으로 위험을 잘 느끼기에 이 정도만 해도 쉽게 알아듣고 줄행랑 쳐 줘서 차라리 고맙기까지 했다.

"아깝군. 피어타이거는 맛 좋기로 유명하다던데."

"식사는 왕국에서 충분히 챙겨 왔잖아요."

말린 과일이나 육포 같은 것들을 일주일 분량이나 챙겨 왔다.

이제 반도 남지 않았지만, 여기저기 산맥을 돌아다녀본 결과 열매 같은 먹거리가 많다는 걸 알고 있기에 사실그리 걱정도 되지 않았다.

그런데 그녀는 왜 아쉽다는 눈빛으로 저 멀리 달아나는 몬스터를 바라보는 걸까.

날이 저물어 땅거미가 내리기 시작해 난 서둘러 모닥불을 지폈다.

이곳은 비가 자주 내리는 터라 나뭇가지들이 잔뜩 물을 머금었지만, 여제가 오러를 이용해 나무의 수분만 제거하는 방법을 알려 줬기에 불을 지피는 데 큰 어려움은 없었다.

난 능숙하게 불을 지핀 뒤, 등에 메고 있던 뭉툭한 철냄비를 올려놓고 대충 짐 속에 있는 것들을 조합해 수프를 만들었다.

그동안 여제는 잔뜩 젖은 옷을 말리려는 건지 겉옷과그 안에 입은 가죽옷, 그리고 가죽 바지를 벗어 나뭇가지에 매달아 놓…… 우와아아악!

"뭐, 뭐하시는 거예요!"

"옷을 말린다. 무슨 문제라도?"

"소, 소, 속옷이 다 보이잖아요!"

"언제까지 젖은 옷을 입고 있을 순 없다. 혹시 부끄러운가?"

전혀 아무렇지도 않아 하는 당신이 더 이상합니다만.

"그, 그렇게 남들 앞에서 막 벗고 그러지 마세요!"

"아무에게나 막 벗지 않는다."

"……네?"

"아무에게나 막 벗지 않는다고 말했다."

그녀는 재차 답해 주더니 나무둥치에 등을 기대앉았다.

그런데 아무에게나 막 벗지 않는단 말은 그러니까, 나는 특별하다 뭐 그런 뜻…… 이야?

뭔가 자리가 되게 어색해져 난 말없이 수프만 휘적거렸다.

여제도 어째선지(사실 언제나 그랬지만) 아무 말도 하지 않았다.

난 침을 꿀꺽 삼켰다.

심장이 쿵쾅거린다.

지금 내가 수프를 휘젓고 있는 건지 내 머리를 휘젓고 있는 건지 알 도리가 없을 정도다.

"그…… 저, 전에 그러셨죠. 제게…… 하고 싶은 말이 있다고요."

"……"

"그거 혹시……."

"혹시?"

말해라, 말해라 성일아!

이런 기회는 흔치 않단 말이다! 당장 말해!

"그러니까, 그러니까 말이죠. 혹시 그 하고 싶은 말은…… 사라가 그러니까, 사라가 저를……!"

"이거 혹시 수프라는 것이더냐."

"우와아아아아아악!"

잔뜩 긴장해 있는 그때, 내 바로 옆에서(휙 돌아보면 바로 얼굴이 보일 정도로 가까웠다)내 가슴께나 올 법한 작은 소녀가 뜬금없이 나타났다.

내가 얼마나 놀랐으면 뒤로 펄쩍 뛰어 2미터나 물러날 정도였다.

"누구냐!"

나뿐만이 아니라 여제 역시 전혀 기척을 못 느꼈던 건지 다급히 바닥에 내려놓았던 레이피어 검을 잡아 들며 외쳤다.

그러거나 말거나 뭔가 신비함이 느껴지는 붉은 머리의 어린 소녀는 연신 냄비 안에 든 수프를 바라보며 감탄했다.

"그래, 이 색, 이 냄새. 기석이 내게 해 주었던 것과 비슷하구나. 어디어디."

소녀는 전혀 망설임 없이 부글부글 끓는 수프에 손가

락을 푹 찍었다.

여제와 내가 순간 당황해 몸을 움찔했지만, 걱정과 다르게 소녀는 전혀 표정 변화 없이 손가락에 묻은 수프를 맛보았다.

"호오, 음음, 그래, 이 맛이다. 그립구나, 세월이 지나도 아직 수프의 맛은 그대로라는 건가."

어린 소녀가 자기만의 세상에 빠져 있는 동안 난 조심히 여제에게 다가갔다.

"누굴까요."

"조심해라. 지금도…… 전혀 기척이 느껴지지 않아."

진중한 표정으로 말하는 여제.

그녀는 놀랍게도 검을 쥔 손이 자르르 떨리고 있었다.

그녀가 추위를 느낄 리가 없다. 그렇다는 말은…….

긴장감으로 나 역시 털이 곤두섰다.

나에게도 소녀의 존재감이 느껴지지 않는다.

눈앞에 보이지만 눈을 감으면 신기루처럼 사라져 버릴 만큼.

"당신은…… 누구십니까."

절로 존대가 튀어나왔다.

분명 나보다 어린데 그 겉모습이 진실이 아닌 것 같다는 생각 때문인지도 몰랐다.

소녀는 내 물음에 슬쩍 나를 돌아보더니 시큰둥한 얼

굴로 크게 하품했다.

"사흘 내내 하도 윈드 소드가 시끄럽게 울어 대는 통에 설마 싶어 일어났건만, 역시 그럴 리가 없었나."

그게 무슨 소린가. 윈드 소드가 울었다고?

"당신…… 설마 드래곤 카르세티리아입니까?"

여제가 무언가 눈치챈 건지 조심히 물었다.

나 역시 설마하고 있던 거라 그리 놀라진 않았고.

"으음, 역시 인간과 교류하기 시작하면 나 역시 그 굴레에 들어가 버리고 마는 건가. 하여튼, 인간이란 수명도 짧으면서 기록하는 습관은 무시할 게 못 된다니까."

소녀는 대답하는 대신 혼잣말로 투덜거렸다.

단지 그것뿐이었지만 난 그녀가 카르세티리아 본인임을 확신했다.

역사책에 적혀 있는 카르세티리아는 인간이나 몬스터를 해치지 않는 중립적인 자세를 고수한다고 했다.

그렇다는 건 적어도 우리를 죽이지 않을 거라는 뜻.

그래도 그렇지 설마 이 정도로 강할 줄은 생각도 못했다.

저게 고대의 역사이자 용의 근원이라는 드래곤이란 말인가.

제발 역사책에 적혀 있는 게 맞아야 할 텐데…….

"네가 인정한 주인이라 할지라도 그건 네 사정이 아니

냐. 으으, 알았다니까, 그만 칭얼거리거라."

내가 속으로 걱정하고 있을 때 소녀는 대체 누구와 대화하는 건지 투덜거리며 손을 내젖고 있었다.

혹시 정신이 조금 이상한 건가?

우웅.

내가 엄한 생각을 하는 그때, 윈드 건틀렛이 작게 공명했다.

설마 지금 윈드 소드랑 대화한 거야?

"너희가 질문한 물음에 답하지. 내 이름은 카르세티리아. 그대들이 잘 아는 용의 근원이니라."

"역시."

"역시나……."

"그럼 하던 거 마저 하거라."

소녀, 카르세티리아는 갑자기 이해 안 갈 말을 하며 다시 수프로 눈을 돌렸다. 하던 거 마저 하라고? 내가 조금 전에 무얼 하려고 했……!

"그, 그런 거 아니니까 신경 쓰지 마세요!"

폭발적으로 붉어진 얼굴.

아, 목까지 뜨겁다.

"번식 행동은 부끄러운 게 아니다. 종족을 유지하기 위한 본능과도 같은 거지."

아니, 저분 대체 어디까지 오해한 거야!

"내가 있는 게 부끄럽냐? 하여간 인간은 불필요한 감정도 많구나. 어쩔 수 없지. 이 수프는 가져가마."

카르세티리아는 전혀 망설임 없이 뜨겁게 달구어진 냄비를 통째로 안아 들곤 터벅터벅 걸어가기 시작했다.

그 모습이 하도 현실 같지 않아 우리 둘은 멍청하게 잠시 소녀의 뒤만 바라보았다.

"자, 잠깐만요!"

"아직 할 말이 더 남아 있느냐?"

"아직 시작도 하지 않았습니다!"

내 절규 어린 외침에 카르세티리아는 질린 얼굴로 나를 바라보았다.

저기요, 내가 더 질리거든요!

장장 사흘 만에 간신히 카르세티리아를 찾았건만 나는 그녀를 찾아 헤맬 때보다도 더 피곤함을 느꼈다.


"영주님 마카로니 제국 전체 경계가 떨어졌습니다. 저희 영지는 가장 남쪽에 위치해 있으니 언데드를 대비하라는 지령이 내려온 상태입니다."

"흥! 그깟 시체 몇 만 마리 오는 것에 불과한데 뭐가 그리 무섭다고 이 난리인지."

마카로니 제국 가장 남쪽 국경선에 위치한 안데르센 자작은 최근 황제가 된 제스필드는 역시 어린놈이라 겁도 많다고 속으로 비웃었다.

"그런 건 기사단장이 알아서 하라 일러두고 오늘은 참한 애나 한 명 데려오도록."

"열 살 아래로 말씀이십니까."

"음, 그 정도가 좋겠군. 물론 처녀 한정이라는 것 정도는 알고 있겠……."

"크, 큰일입니다! 어, 언데드가! 언데드가 몰려옵니다!"

혀를 날름거리며 말하던 안데르센 자작에게 거의 구르듯 달려온 한 기사.

자작의 심기가 불편해지는 것은 당연한 것이었다.

"올 거라 이미 알고 있었다. 그깟 기어 다니는 인간 언데드 몇 만 마리에 호들갑 떨지 말거라."

"그, 그게 아닙니다! 인간 언데드뿐만 아니라 수백 종의 몬스터 언데드까지 있습니다!"

"뭐, 뭐라?"

몬스터 언데드?

그런 건 전혀 정보에 없던 내용인지라 안데르센 자작의 눈이 똥그랗게 변했다.

"서, 설마. 크, 큰일입니다! 아무래도 언데드가 여기까지 오는 동안 몬스터들까지 언데드로 만든 모양입니다!"

자작을 보좌하는 집사가 식은땀을 흘리며 말했다.

그 말에 포동포동 살찐 자작의 얼굴이 핼쑥하게 변해 버렸다.

"무, 무슨 그런! 그, 그럼 대체 수는, 수가 얼마나 된 단 말이냐."

"족히 몇 십만은 넘었습니다! 피신해야 합니다! 그리고 이 사실을 제국에 알려 지원을 요청해야 합니다!"

"그럴 수가……."

안데르센 자작은 좌절해 그 자리에 무릎 꿇고 말았다.

처음 묘족이 발견할 당시 언데드는 분명히 인간뿐이었으며, 그 수는 몇 만에 불과했다.

하나 산맥을 넘어오며 서식하는 동물과 몬스터를 전부 언데드로 만들었기에 몇 배로 불어난 상태였다.

게다가 더 심각한 것은 몬스터는 인간과 다르게 몸의 구조 자체가 강인하기에 속도가 느린 것도 아니었으며, 하늘을 날거나 심지어 땅속을 파는 웜 종류까지도 있어 그야말로 재난이라 할 수 있었다.

그렇게 일이 본격적으로 심각해지자 마카로니 제국에서는 본격적으로 군사를 남쪽으로 파견하기 시작했다.

하나 지원군이 남쪽 끝에 도착하기엔 시간이 너무 오래 걸리는 터라 남쪽에 위치한 마을과 영지가 쑥대밭이 되는 걸 막을 수 없었다.

"······그래서 너는 이계에서 왔다는 말이냐?"

"네."

"그럼 너도 이런 흙 밭길이 아니라 눈이 와도, 비가 와도 무르지 않는 평평한 길에서 온 거냐?"

"혹시 아스팔트를 말하시는 거라면······ 맞아요."

"그래, 아스팔트. 게다가 정령도, 이종족도, 몬스터도 없으며, 철로 된 기계가 하늘을 날고 바다를 건넌다고 했었지!"

카르세티리아는 두 팔을 퍼덕거리며 이야기했다.

······뭔가 처음 만날 때 느꼈던 위엄이 한순간 다 사라진 기분이다.

"그 말이······ 사실이냐?"

더불어 여제의 위엄도 사라지는 걸 목격할 수 있었다.

"그들은 그런 기계로 저 달도 날아갈 수 있다고 한다."

카르세티리아가 이곳에서 륀이라 부르는 달을 손가락질하며 말했다.

당연하달까 여제는 꿈에도 생각 못 했던 건지 나와 달을 번갈아 보았다.

"정말 달에도 가 보았단 말이냐? 그럼 신도 만나 보았겠구나. 륀이란 신은 어떤 모습이며 어찌 인류를 맞이했더냐."

"저기······ 신은 없었는데 말이죠."

"내 직접 가 봤지만 거긴 아무것도 없다. 그저 돌가루만 흩날리는 곳이지."

"네에? 직접 가 보셨다고요?"

이번엔 내가 놀랐다.

아니, 진짜? 농담 아니라?

"왜 놀라느냐. 너희 인간이 한 일을 내가 못하리라 생각하는 게냐."

'아니, 그건 미래의 인류가 일구어 낸 거고. 당신은 입장이 다르잖아요!' 라는 말이 목구멍까지 튀어나왔지만 겨우겨우 밀어 넣었다.

"그야 물론 여러 번 시도하긴 했지만, 성공한 건 성공한 것이니라. 어쨌든 그래서 윈드 소드가 너를 인정한 건가. 기석과는 생김새도 다른데."

카르세티리아는 어딘가 추억을 감상하듯 내 얼굴을 뜯어보았다.

난 조금 망설이다 말했다.

"기석이라는 분. 아마 검은머리와 검은 눈을 가지고 계셨겠죠?"

"기석을 아느냐?"

몹시 놀란 카르세티리아.

난 쓰게 웃으며 고개를 저었다.

"제가 있는 곳엔 모두 검은 머리와 검은 눈동자를 가

지고 있어요. 물론 저 역시 그렇고요. 단지 이 몸은 이세계에 넘어오며 빌리는 것뿐이에요."

"빌린다? 이상하군. 그럼 너는 차원 이동이 아니라 악마처럼 계약에 의해 강림, 아니면 벤시의 빙의 같은 존재인가?"

이곳에 악마가 실존하는지는 모르겠지만, 일단 그건 아니기에 고개를 저었다.

"운명의 실로 넘어오긴 했지만, 악마나 유령 같은 건 아니에요. 정확히는…… 저도 모르겠지만요."

"가만 있어 보거라."

카르세티리아는 진중한 얼굴로 갑자기 내게 다가오더니 까치발 들고 힘겹게 내 머리에 손을 올리며 중얼거리기 시작했다.

"음, 영혼의 의식을 끄집어낼 땐 이 마나를 쓰는 게 좋겠지?"

그리곤 다른 한 손으로 허공에 떠 있는 마나를 찰흙 주무르듯 만지기 시작했다.

정말이다.

조물딱조물딱 만지며 모형을 만들고 있다.

세상에 마나를 만지는 것도 놀라운데 그걸 주물러 모양을 만든다고?

내가 비록 마법에 관해서 자세히 알진 못하지만, 가족

들에게 들은 바로는 마법이란 엄두도 못 낼 수학적 계산을 빠르게 정립해 마나와 결합하여 발현해 내는 학문과도 같다고 들었다.

그런데 카르세티리아는 그 전부를 부정하듯 어떠한 수학적 계산이나 정립 없이 마나를 직접 만져 자신이 원하는 마나를 만들어 내고 있었다.

"놀라운가? 마나는 세상의 근원이라 알고 있는 인간은 이해하기 힘들겠지. 하지만 우리에게 있어서 마나는 단순한 물질일 뿐이다. 세상에 존재하는 그저 하나의. 그러니 만지지 못할 것도, 이용하지 못할 것도 없느니라. 자, 이걸 이용하자. 정신의 마나다. 이거라면 네 존재가 무엇인지 알 수 있겠지. 다음은……."

그녀는 찰흙처럼 손안에 뭉친 마나를 하늘 위로 던졌다.

그러자 갑자기 폭풍처럼 대기에 떠 있는 마나가 그녀 머리 위에 소용돌이치기 시작했다.

단순히 작은 정도가 아니라 토네이도 같이 어마어마한 크기로. 이걸 그냥 손을 뻗는 행동만으로 이루어 낸 것이다.

"이 정도면 사용할 마나는 충분하겠지. 마나적 술식은……."

이번엔 손을 아래로(여전히 까치발을 한 채 한 손은 내 머리 위에 올려져 있는 상태다)향했다.

그러자 바닥의 기이한 모양의 금빛 마법진이 만들어졌다.

그 어디에서도 보지 못한 현묘한 문양이었다.

"영혼계를 관장하는 신화술식에 통신화와 증폭, 정신 연결도 곁들였다. 아, 만약을 위해 실패시 정신차단 술식도 이중으로 겹쳤으니 실패해도 네 몸엔 문제가 없을 거다."

"지금…… 무얼 하려고 하는 거죠?"

"네 본 주인의 의식을 끄집어 올려 대화하려는 것이다."

"……그게 가능해요?"

난 생각지도 못한 말에 입만 쩍 벌렸다.

"놀라워…… 이것이 드래곤의 마법 능력……."

여제도 놀랐는지 그녀 또한 눈빛이 조금 흔들리고 있었다.

그러거나 말거나 카르세티리아는 허공에서 금색빛의 마나를 불러와 내 머리에 주입시켜 버렸다.

난 뭔가 무서워져 눈을 꽉 감았다.

정말 이걸로 하룬과 대화할 수 있는 거야? 그의 의식을 끄집어낼 수 있는 거야?

"……"

"……."

"안 들리느냐."

"……네."

"그럼 실패군."

"……."

"……."

이봐요, 당신.

그렇게 자신 있게 뭔가 저질러 놓고 '실패군' 이런 한
마디로 끝내면 납득할 수 있을 것 같습니까?

"그 표정 상당히 불쾌하구나. 오해하고 있는 듯하니
설명하마. 내가 말한 실패는 내 마법이 잘못되었다는 뜻
이 아니니라. 네 몸속에 본 주인의 영혼이 없어 실패한
것이다."

"하룬의 영혼이 없다고요?"

"그래, 그 몸이란 껍질 안에 있는 건 네 영혼 하나뿐이
다. 애초에 두 영혼이 공존했다면 나보다 네가 더 잘 알
았겠지. 뭐, 어쨌든 실패한 건 넘어가고 네가 이계인이라
는 것은 잘 알았다. 그래서 내게 하고 싶은 말은 무엇이
냐."

뜬금없이 꺼내 온 본론.

뭔가 당한 것 같은 기분이 들었지만 중요한 것이 아니
니 넘어가기로 했다.

"이계의 용사, 그 기석이라는 분에 대해 들려주세요."

"기석에 대해? 너무 포괄적이구나. 귀찮다."

카르세티리아는 게으름신이 강림이라도 한 것처럼 귀찮다는 말로 딱 끊어 거절해 버렸다.

난 쓰게 웃으며 타협점을 찾기 시작했다.

"그, 그럼 그분이 마지막에 본래 세계로 돌아갈 수 있었는지 만이라도 알려 주세요."

"그야 돌아갔지."

"어, 어떻게 돌아갔나요! 무슨 방법으로 돌아갔습니까!"

내 이어진 질문에 카르세티리아의 눈이 게슴츠레하게 변했다.

"확 잡아먹고 싶어지는구나."

그녀는 정말 그렇게 생각한 건지 아주 미세한 살기가 전해져 왔다.

하나 그 살기는 금세 사라졌다.

"무슨 질문이 이리도 많은 거냐. 지금 네가 알고 싶은 건 기석에 대해서냐? 보다 원초적인 용건이 있을 거 아니냐."

카르세티리아는 핵심을 찔러 들어왔다.

그래, 그녀의 말대로 내가 알고 싶은 건 용사에 대해서가 아니다.

내가 본래 있어야 할, 내 존재가 인식되는 평행 세계 현실로 돌아가는 것, 단지 그것 하나뿐이다.

"됐다, 가만있어라."

그녀는 또다시 까치발 들고 내 머리에 손을 올렸다.

뭔가 겉모양이 어린 소녀인지라 참 난감하기 그지없다.

"윽?"

그렇게 생각하는 그때, 내 머리를 통해 미증유의 마나가 흘러 들어오는 걸 감각적으로 느꼈다.

순간, 깜짝 놀라 오러를 일으켜 반발했는데, 카르세티리아는 살짝 인상을 찌푸리더니 거대한 폭포처럼 마나를 쏟아 내 내 오러를 밀어 버렸다.

"킥!"

"가만히 있으라니까. 너만 힘들 뿐이다."

"무슨 짓이냐. 그 손 놓아라."

내가 신음을 흘리자 걱정됐는지 여제가 검을 뽑았다.

순간 싸늘해진 적막감이 주위에 감돌았다.

"정말 닮았구나."

하지만 카르세티리아는 그 분위기를 깨트리듯 웃었다.

"내 기억에 남아 있다. 너는 기석을 따라다닌 여검사의 후예지?"

이어진 말에 보기 드물게 여제의 눈이 크게 흔들렸다.

"조사님과 닮은 건 내가 그분의 뒤를 쫓아서이다."

"그야 겉모습도 비슷하지만 내가 말한 건 그게 아니니라."

"겉모습…… 뿐만이 아니다?"

여제가 의문을 표했지만 카르세티리아는 대답 대신 작게 웃더니 마나를 거둬들이며 머리에 얹은 손을 놓았다.

"호오, 그런 거군. 놀라워, 네 존재 자체가 놀랍구나. 이제 전부 알겠다. 너라는 존재는 아직 차원에 틈새에 머물러 있구나. 하긴, 그럴 만도 하지. 그렇게나 운명을 헝클었는데 어느 신이 널 그냥 내버려 두겠느냐."

"설마…… 지금 제 기억을 읽은 거예요?"

난 그녀가 언급한 말보다도 순식간에 내 기억을 읽었다는 것에 더욱 놀랐다.

"흐음, 그나저나 운명의 실이라…… 운명을 관장하는 신은 많지만, 그런 방식은 특이하구나. 게다가 이곳은 평범한 평행 차원이 아닐진데…… 역시 여긴 그 세계에서 상상으로 만들어진 곳이다 보니 운명적으로 엮여진 것일까."

"그게…… 무슨 말이에요?"

"네게 설명해도 이해할 수 없느니라. 여하튼, 네 목적도 알았다. 신이 막아 놓은 차원의 틈새를 열어 본래 네가 있었던 곳으로 돌아가고 싶은 거지?"

"본래 제가 있던 곳으로 돌아간다는 건 맞아요. 그런

데 신이 막아 놓은 차원의 틈새라는 말은…… 무슨 뜻인가요."

"말 그대로이니라. 신이 더 이상 운명을 간섭할 수 없도록 너를 평행 세계 틈새에 가둬 놓은 것이지."

"뭐라고요!"

내가 크게 놀라자 카르세티리아는 코웃음 쳤다.

"그렇게나 운명을 비틀어 댔으니 당연한 업보이니라. 운명이란 본디 정해진 바퀴로 굴러가야 조화를 이루는 법. 하나 너는 그 바퀴를 부수어 혼란을 만들었지. 세상에 조화가 깨지면 태초의 카오스로 돌아간다는 것도 모르고. 쯧쯧."

"태초의 카오스요?"

"그래, 카오스. 하늘도 땅도 없으며 아침도, 저녁도 없는 그저 암흑뿐이었던 카오스 말이다."

그 말에 난 처참하리만치 혼란스러워졌다.

그럼 뭐야. 내가 지금껏 해 오던 일들이 세계를 망가트리고 있었다는 거야?

"좌절할 필요 없느니라. 본디 인간이란 그러한 생물이니. 잘못이라면 네게 자질을 준 신에게 있거늘. 아니, 이것도 어쩌면 운명일지도."

그녀는 뭔가 깊게 생각하듯 눈을 감고 생각에 잠겼다.

나는 어째선지 그러한 그녀 모습이 세상을 해탈한 노

인처럼 보였다.

"어찌 한낱 미물이 신의 생각을 알겠는가. 이 인연도 어쩌면 하나의 운명일지도 모르거늘. 그야말로 세상의 운명이란 끝없이 휘도는 나선과도 같구나. 좋다, 결론부터 말하마. 네가 본래 돌아갈 세상을 원하는가? 원한다면……."

그녀는 잠시 시간을 두다 곧바로 이어서…….

"내가 보내 줄 수 있느니라."

확신하듯 말했다.

7.

선택

"그 말이…… 정말인가요?"

"드래곤의 말은 그 자체로 끊을 수 없는 하나의 언약이니라. 거짓말이란 인간들이 만든 언어이지."

"알 수 없는 말은 됐다. 정말 당신이 하룬을 본래 세계로 보내 줄 수 있는가?"

여제가 재차 물었다.

강압적인 말에 카르세티리아가 화낼 만도 했건만 그녀는 별 생각 없이 고개를 끄덕였다.

"그래, 내가 보내 줄 수 있느니라. 정확하게는 너를 돌려줄 수 있는 신과 교섭이 가능하다. 기석의 사건 이후로 베티 녀석과는 인연이 깊으니 너 하나 정도는 원하는 운명의 세계로 돌려보내 줄 수 있지. 단, 너도 기석이 그랬던 것처럼 선택해야만 한다."

기석? 이계 용사가 선택했던 걸 나도 선택해야 한다고? 그게 대체 무엇…….

"네가 태어났던 세계를 버리고 이곳에 정착하느냐, 아니면 이곳을 버리고 돌아가느냐는 것을."

"……!"

"……!"

정말 생각지도 못한 선택 사항에 할 말을 잊었다.

카르세티리아는 그럴 줄 알았다는 듯이 고개를 저었다.

"어느 것 하나 인연을 떨쳐 내기란 괴롭고 힘든 일이지. 기석 또한 그랬다. 하지만 선택해야만 한다. 그것도 지금 당장."

"……어째서죠?"

"시간이 없으니까."

시간이 없다고?

내가 의문을 표하자 카르세티리아는 내 손가락을 가리키며 말했다.

"너도 이미 알고 있지 않느냐. 그 운명의 실이라는 것이 점점 흐려지고 있다는 것을."

난 말없이 내 손가락에 걸린 붉은 운명의 실을 내려다보았다.

카르세티리아의 말대로 이젠 눈에 확연히 느껴질 만큼 흐려졌다.

아무래도 그녀는 이 불안과 걱정까지 읽은 모양이다.

"신, 즉, 세계는 너를 배제하려 하고 있다. 그리하여 운명이 너에게 관여하지 않게 만들려는 것이니라. 하나 아직은 시간이 있다. 네가 선택한다면 그 뜻을 이룰 수 있느니라. 그리고 네 몸의 본 주인도 살 수 있겠지."

"본 주인이라면…… 하룬요?"

"쯧쯧, 정말 아무것도 모르는구나. 어찌 네가 차원의 틈새에 걸린 채 아슬아슬한 줄다리기를 벌이고 있는 건지 모르겠느냐. 바로 본래 네 몸에 있어야 할 영혼이 틈새 사이를 막아 주고 있기에 그런 것이다. 그 영혼이 아니었다면 너는 진작 사라졌을 게야."

"그럴 수가……."

"어째서 현실로 돌아갈 때 이곳에 있는 몸은 사라지는지, 다쳤던 상처가 그대로일 정도로 시간도 멈춰 있던 건지 줄곧 의문을 느꼈겠지? 그 모든 것이 본 주인의 영혼이 차원 틈새에 있었기 때문이니라."

그 말을 들어서야 나는 깨달을 수 있었다.

내가 현실로 돌아갈 때 하룬의 몸은 차원의 틈새로 이동했다.

그랬구나, 내가 현실로 돌아갈 때 이곳의 몸이 사라졌

던 이유는 바로 이것 때문이었어.

그렇기에 지금도 이 몸에 하룬의 영혼이 존재하지 않았던 거고.

"그 영혼과 네 영혼이 이어져 있기에 너는 아무 불편 없이 몸을 사용할 수 있었고, 지금도 차원의 틈새에 걸려 있을 수 있다. 하나 일개 미개한 영혼의 힘이 차원의 틈새를 언제까지나 열어 둘 수는 없는 법. 그 운명의 실이 흐려지고 있다는 게 하룬이라 일컬은 영혼이 사라져 가고 있다는 반증이니라."

"그럴…… 수가."

난 더 이상 버틸 수 없어 바닥에 주저앉아 버렸다.

"……하룬."

여제가 다가와 말없이 내 어깨에 손을 얹었다.

난 터져 나오려는 울음을 꾹 참으며 말했다.

"생각지도 못했어요. 지금껏 운명을 바꾼 모든 일들이 잘못된 것인 줄도, 하룬이 줄곧 나를 지켜 주고 있었다는 것도 무엇 하나, 아무것도…… 저는 몰랐어요."

"네가 죄책감 느낄 필요 없다. 너는 네가 할 수 있는 최선을 선택해 달려온 것이 아니냐."

"이럴 줄, 이럴 줄 알았더라면…… 저는, 저는……."

"그럼 네 동생이 죽어 가는 걸 지켜보기만 했을 테냐? 이세트를 구하지 않고 어머니를 구하기 위해 도적과 한패가 되지도 않을 거며 그리고…… 나조차 그냥 보고만 있 었을 테냐."

마지막 말에 고개를 들어 여제를 돌아보았다.

그녀는 쓸쓸한 얼굴로 나를 내려다보고 있었다.

"네가 내 운명을 바꾸었기에 나는 여기 서 있을 수 있 는 거다. 그런 네가 지금껏 해 온 일을 부정한다면 나는 어찌해야 한단 말이냐."

"사라……."

"내가 아는 하룬은 이런 곳에 주저앉는 자가 아니다. 일어나거라."

여제는 내 팔을 잡아 억지로 일으켜 세웠다. 그러곤 내 몸을 자신과 마주 보게 했다.

"'앞만 보고 전진하자' 그것이 네 신념이 아니더냐."

"……."

"네가 할 일은 이미 정해져 있다. 돌아가거라. 네 가족 과 친구가 있는 곳으로."

"하지만! 두 번 다시 여기 오지 못해요! 다시는 아버지 도, 형님도, 누님도, 이세트도! 그리고 사라 당신도 보지 못한다고요!"

"그럼 하룬은 모른 체할 생각이냐."

"……!"

"그 몸은 본래 하룬의 것이 아니더냐. 성일이 네가 여기 남는다는 건 하룬의 몸을 독차지하겠다는 말과 다를 게 없다."

신랄한 말에 입이 꾹 다물어졌다.

전부 맞는 말이다.

내가 여기 억지 쓰며 남는다면 지금껏 차원 틈새를 막아 주고 있는 하룬의 영혼이 소멸한다.

즉, 나는 그를 죽이고 몸을 차지하는 것과 다를 게 없다는 뜻이다.

"네가 그럴 사람이 아니라는 건 그 누구보다도 내가 잘 안다."

내가 아무 말도 못하고 입술만 덜덜 떨고 있자 그녀는 아주 미세하게 웃었다.

"윽, 으윽."

감정이 복받쳐 올라 끅끅 신음을 삼켰다.

이건 내가 선택의 문제가 아니다.

이미 결정된 문제다.

나는 현실로 돌아가야 한다.

마음속에서 그렇게 결정되자 아버지, 형님, 누님, 이세트와 린, 그리고 눈앞에 있는 여제를 다시 볼 수 없다는 사실에 좌절 섞인 눈물이 눈가에 맺혔다.

지금 내 눈은 볼썽사납게 충혈 되어 있겠지.

그녀는 내 심정을 알고 있는 건지 그저 미소를 머금은

채 내 머리를 쓰다듬었다.

……그녀의 얼굴도 어딘가 조금은 쓸쓸해 보인다.

"썩은내."

지금껏 먼 산 구경하듯 뒷짐을 진 채 우리를 바라보고 있던 카르세티리아가 동쪽 하늘을 올려다보며 중얼거렸다.

우리가 돌아보자 그녀는 눈을 가늘게 뜨며 다시 입을 열었다.

"죽음의 냄새가 진동하는구나."

"죽음의 냄새…… 요?"

"하여간 인간들은 균형을 어지럽히는 짓을 사서 하는군. 저들끼리 자멸할 생각인가. 음, 생각해 보니 그것도 썩 나쁜 건 아닌가."

"지금 그게 무슨 소리냐."

무언가 이상함을 느낀 건지 여제가 재차 물었다.

카르세티리아는 그제야 우리를 돌아보았다.

"그야, 음…… 귀찮구나. 직접 가서 보는 게 이해하기 빠르겠지."

그녀는 그렇게 말하며 손가락을 툭 튕겼다.

그러자 놀랍게도 바닥의 마법진(아버지가 형님이 텔레포트할 때 생기는 마법진과 몹시 흡사했다)이 떠오르더니 이내 부유감과 함께 정신이 아득해짐을 느꼈다.

부유감이 잦아들고 숲속의 흙이 아닌, 어느 집 지붕 위에 안착한 나는 희미한 현기증을 털어 냈다.

대체 저 드래곤 왜 저러는 거야? 조금 설명부터 해 줘도 되잖아? 그나저나 이곳은 어디…….

"……지옥이군."

뒤늦게 주위를 둘러본 나는 충격에 온몸이 돌처럼 경직되었다.

그래, 여제가 말한 그대로 지옥이었다.

사방에 피어오르는 불, 여기저기 곳곳에는 죽은 사람들과 그 시체를 게걸스럽게 파먹는 좀비, 좀비가 된 자식을 애타게 부르다 물어뜯기는 부모, 몇몇 용병이 뭉쳐 항변하지만, 곧 좀비들에게 묻혀 버리거나, 내장과 피가 고여 있는 웅덩이에 망연자실 주저앉아 있는 여성의 모습도 보였다.

이게 지옥이 아니면 대체 무엇이겠는가.

"우웁! 우우웁!"

온몸을 덜덜 떨며 말을 고르다 참을 수 없는 구토감에 헛구역질했다.

이게 대체 무슨 상황이야.

좀비 영화에서나 볼 수 있을 법한 광경이 현실로 일어나고 있다니!

"이게 무슨 장난이냐!"

여제도 잔뜩 얼굴을 굳히며 화내듯 카르세티리아에게 물었다.

냉정을 가장하고 있지만 아무래도 그녀 역시 충격이 큰 모양이었다.

"안타깝지만 내가 한 것이 아니니라."

카르세티리아는 그저 어깨를 한 번 으쓱이는 것으로 응수했다.

우리 셋 중에서 가장 평정을 유지하고 있는 건 그녀인 것 같았다.

"그럼 대체 이게 무슨 상황이냐!"

"유약하구나. 인간이 이룰 수 있는 정점에 도달했음에도 감정에 기복이 이리도 커서야."

그녀는 마치 늙은 노인처럼 쯧쯧 혀를 차며 나무랐다.

"보거라, 저 전부 혼돈의 사령인 언데드다. 결코 균형을 유지하는 세계에서 자연스럽게 발생하는 것이 아니지. 즉, 이건 전부 인위적으로 너희 인간이 만든 참상이니라."

"그, 그럼 이 전부가 사람이 한 짓이라는 겁니까?"

간신히 올라오는 구토를 밀어 넣으며 묻자 그녀는 처음 우리를 만났을 때와 조금도 다르지 않은 여유 있는 표정을 유지한 채 고개를 끄덕여 주었다.

"어째서…… 이런 참상이……."

"한 달 전, 서남쪽에서 대량의 생명이 사라진 것을 느꼈다. 단순히 인간들의 놀이인 전쟁으로 그런 것이겠거니 했다만…… 아무래도 그게 아니었던 모양이구나."

"서남쪽? 그곳은 설마. 그렇구나, 그런 것이었어."

여제가 무언가 답을 찾은 건지 손으로 얼굴을 가렸다.

난 빨리 답해 달라는 뜻으로 뚫어지게 여제를 바라보았다.

"자간 왕국이다. 그곳에 일이 벌어진 게 틀림없다."

"자간 왕국이요?"

"여기서 서남쪽 방향에 위치한 나라는 자간밖에 없다. 게다가 그곳은 오래전부터 흑마술을 취급하던 곳이지. 정확한 사유는 알 수 없지만, 대충 무슨 일이 벌어진 건지 짐작은 되는구나. 드래곤이여, 이곳은 어디인가."

"내 레어에서 그리 떨어지지 않은 마을이니라. 인간의 언어로 설명하자면 서부 지역 미지의 산맥 초입 부분에서 2마일 정도 떨어진 곳이로구나."

"……그럼 이미 윈덜트 국경을 넘어섰다는 건가."

"자, 잠깐만요! 그럼 이 마을은 윈덜트 국경에 위치한 마을이라는 뜻이에요?"

여제는 내 물음에 눈썹을 살짝 찌푸리기만 했다.

그것만으로도 충분한 답이 되기에 내 심장이 철렁 내려앉았다.

"아, 아버지, 형님, 누님, 이세트! 가족이 위험해요! 어서 돌아가지 않으면!"

"진정하거라! 너는 네 문제도 있지 않느냐."

"지금 그게 중요한 게 아니잖아요!"

여제가 내 팔을 잡았지만, 난 그녀의 손을 거칠게 뿌리치며 외쳤다.

지금 가족이 죽으면 지금껏 내가 해 왔던 짓도, 지금 내가 돌아가는 것도 전부 소용없어지는 거잖아!

"한마디 보태자면 저 언데드는 지금 막 여기 도착한 것이니라. 네 가족이 이 근처에 있는 게 아니라면 아직은 걱정하지 않아도 될 듯하니라."

"그게 정말인가요? 그럼 저희가 여기서 저 언데드를 막으면……!"

"하나 여기 있는 언데드는 무리에서 떨어진 극소수의 무리로구나. 지금도 본대는 북상 중인 것 같다."

"이, 이게 소수라고요?"

난 질린 얼굴로 다시 마을을 내려다보았다. 이렇게 한 눈에도 다 들어오지 않을 정도로 언데드가 넘쳐나는데, 이게 소수라고?

"언데드에게 죽은 생물은 혼돈계에 갇혀 같은 언데드가 된다. 아마 이곳에 있는 대부분의 언데드는 마을 주민이었겠지."

여제가 미간을 찌푸린 채 내 궁금증을 풀어 주었다.

하, 언데드가 점염된다고? 정말 좀비와 다를 게 없잖아.

"어쨌든 저들을 도와줘요! 한 명이라도 더 살려야 해요!"

당장이라도 지붕에서 뛰어내릴 기세로 외치자 여제는 고개를 짧게 끄덕이며 내 옆에 시립했다.

그런데 단 한 명, 카르세티리아만은 여전히 뒷짐 진 그대로 움직일 생각을 하지 않았다.

"뭐해요! 어서 도와줘요!"

"응? 내가 왜?"

"……뭐라고요?"

정말 어째서냐고 진심으로 궁금해하는 얼굴을 보자 오히려 내가 당황해 말문이 막혔다.

하, 하하. 그래, 그랬었지.

그녀는 이 상황에 관심이 없다.

사람이 죽고 잡아먹히는 참담한 광경을 지켜보면서도 마치 개미들끼리 싸움하는 걸 구경하기라도 하는 양 무료한 표정을 유지하고 있을 뿐이었다.

그 모습을 보고 나서야 나는 그녀가 인간이 아니라 드래곤이라는 걸 철저히 깨달을 수 있었다.

"칫, 됐어요. 그럼 거기서 구경이나 하세요. 가죠!"

"가긴 어딜 가느냐. 너도 거기 서거라."

다시 내 다리가 멈췄다.

저 드래곤 왜 날 붙잡는 거야?

그녀는 내 표정을 읽은 건지 작게 한숨을 내쉬었다.

"내 그리 설명했거늘. 아직도 이해가 되지 않은 게냐? 그렇다면 다시 말해 줄 테니 그 귀를 잘 열거라. 네가 나서서 저들을 구해 준다는 건 다시 운명의 균형을 깨트리는 짓이니라. 더 이상 균형을 망가트리면 네 녀석은 물론이고, 차원의 틈새를 막는 하룬이라 일컫는 본래의 영혼 또한 버틸 수 없느니라. 진정 네 세계로 돌아가고 싶다면 더 이상 이곳 일은 관여하지 말거라."

"그럴…… 수가."

그러니까…… 나는 이곳에 사람들이 죽건 말건 못 본 체하고 방관하라는 말이야? 아버지, 형님이, 누님이, 린이, 이세트가 좀비들에게 잡아먹혀도 보고만 있으라는 거야?

"그녀의 말이 맞다. 하룬, 너는 여기 남아 있어라."

"그럴 수 있을 리가 없잖아요!"

"그게 너와 하룬 둘 모두를 위한 일이다."

여제의 말에 입이 다물어졌다.

나만이라면 아무래도 좋지만, 하룬이 거론되니 아무 말도 할 수 없었다.

난 흔들리는 눈으로 다시 지붕 아래를 내려다보았다.

지금 현재도 사람들은 무참히 좀비들에게 잡아먹히고 있다.

끊임없이 살려 달라는 목소리가 비명과 섞여 들려오고 있었다.

주먹이 꽉 쥐어졌다. 속에서 무언가 알 수 없는 짜증이 밀려 올라왔다.

그래서 빌어처먹을 운명에 굴복해 우두커니 장승처럼 서 있으라고? 내가 사랑하는 사람들이 죽을지도 모르는데 바보처럼 보고만 있으라고?

이성일, 그동안 네가 달려온 게 무엇 때문이었냐.

이 불공평한 운명을 바꾸겠다고, 운명을 거부하겠다고 다짐하고 또 다짐해 앞으로만 달려갔던 게 아니냐!

그런데 지금 와서 이 지랄 같은 운명에 굴복해 망설이고 있을 때냐 말이다!

"……카르세티리아, 알려 줘요. 정확히 제가 더 이상 운명을 바꾸면 어찌 되는지."

"하룬!"

"흠, 알고 싶다면야. 네가 더 혼돈을 초래하면 차원의 틈새가 막히며 동시에 네 영혼은 길을 잃고 몸에서 빠져나와 혼돈을 떠돌겠지. 아니, 균형 잡힌 세계에 파묻혀 갈가리 찢겨질지도."

"하룬은 어찌 되죠?"

"그 또한 차원 틈새에서 조용히 사라지겠지."

"그전에 그를 불러올 수 있는 방법이 없을까요?"

"안착할 몸이 없어 불가능하니라."

"몸이 있다면 가능하다는 말이네요. 알았어요, 차원 틈새가 막히는 걸 알 수 있는 건 이 운명의 실이겠죠?"

난 희미한 내 운명의 실을 내려다보며 물었다.

"설마…… 네녀석."

카르세티리아가 내 의중을 알아챈 건지 살짝 눈썹을 찌푸렸다.

"부탁드려요. 만약 최악의 결과가 발생되면 하룬만이라도 이 몸에 불러 주세요."

그래, 이거면 된다.

내가 이 몸을 떠나면 하룬은 돌아올 수 있다.

그럼 적어도 희생은 나 하나로 끝낼 수 있어.

"하룬! 고집부리지 마라!"

뒤늦게 여제도 눈치채 내 앞을 막아섰다.

"정 저들을 도와주고 싶다면 나를 넘어서라. 네가 운명에 죽느니 지금 내 검으로 널 죽이겠다."

그녀는 사납게 살기를 피우며 말했다.

하지만 난 조금도 겁나지 않았다. 그야 그럴 수밖에.

"이젠 알아요. 사라는 저를 막지 못한다는 거."

"윽!"

"미안해요. 하지만 저도 사라가 그럴 사람이 아니라는 건 그 누구보다도 제가 더 잘 알아요. 그러니 비켜 주세요."

"바보 같이! 전부 너와 아무짝에도 상관없는 사람들이 아니냐!"

"그래도 저는 가야 해요."

난 왼손으로 오른손 윈드 건틀렛을 감싸 쥔 채 가슴으로 가져갔다.

"여기서 멈추면 다신 움직일 수 없을 것 같으니까."

자, 공은 울렸다.

"하룬!"

"녀석…… 보면 볼수록 기석과 닮았구나."

저 멀리 내 뒤에서 나를 부르짖는 여제와 카르세티리아의 목소리가 바람 소리에 섞여 들려왔지만, 난 정면만 신경 쓰기로 마음먹었기에 뒤돌아보지 않았다.

"헉, 헉. 엄마 이쪽!"

"하아, 하아."

"괜찮아? 정말 다리 아프지 않아?"

"괜찮단다. 그보다 테리야, 정말 이쪽으로 가면 되니?"

"응! 내가 항상 다니던 골목 지름길이야! 여기만 지나
면 곧바로 촌장님이 있는 곳으로 갈 수 있어! 거기라면
철로 된 울타리도 있으니까 저것들도 넘어오지 못할 거
야! 그러니까 어서 서둘…… 엄마!"

보채던 어린 소년의 얼굴이 순간 시퍼렇게 변했다.

열심히 따라오던 어머니가 갑자기 쓰러졌기 때문이다.

"으윽, 하아, 하아."

"여, 역시 다리 아픈 거지? 그런 거지?"

아까 도망가다 부서진 나무 파편에 긁혔던 곳이 아무
래도 심각했던 건지 치마를 가득 붉게 물들이고 있었다.

어머니는 그런 다리에도 아랑곳 않고 테리의 손을 꽉
잡으며 말했다.

"테리야, 잘 들으렴. 너는 곧장 이 길을 따라서 촌장님
한테 가. 엄마 말 알았지?"

"그럼 엄마는!"

"엄만 이 근처 집 안에 잘 숨어 있을게. 그러니까 걱정
말고……."

"싫어!"

"테리야!"

"싫어, 싫어, 싫어, 싫어, 싫어어어!"

"그렇게 떼쓴다고 될 문제가……!"

"그르르르……."

바로 등 뒤에서 들린 가래 끓는 소리.

어찌 저 소리의 진원을 모르겠는가.

어머니는 뒤도 안 돌아보고 다급히 말했다.

"어, 어서 도망가! 어서!"

"싫어! 나, 나, 나도 엄마랑 같이 있을 거야! 절대로 싫어!"

"부탁이야, 엄마 말 들어. 가!"

어머니는 어린 소년을 내치듯 밀었다.

그럼에도 소년은 도망가지 않고 근처에 있는 부셔진 나무때기를 주워 들었다.

"저, 저리 가. 너 너까짓 거 하나도 안 무서워! 이야아 아아아!"

자신보다도 두 배 이상 차이 나는 좀비에게 힘차게 달려드는 소년.

제대로 된 검술도, 힘 싸움도 해 보지 않았지만, 그는 오로지 어머니를 지키겠다는 일념으로 나무때기를 휘둘렀다.

퍼석!

좀비 특성상 몸이 약해 휘두른 나무때기에 정강이가 부서졌지만, 안타깝게도 자신의 모든 것인 나무때기 역시 박살 나고 말았다.

"헤, 헤헷! 어, 어떠냐 이 괴물놈……!"

"그르르르르."

얼굴이 반쯤 찢어져 턱뼈가 보이는 좀비는 아무런 통증을 못 느끼는지 자신의 다리가 부서지거나 말거나 눈앞에 소년을 잡아먹겠다는 일념으로 손을 휘저었다.

심히 충격 받은 소년은 잡히지 않기 위해 필사적으로 몸을 굴렀다.

하지만 그게 전부였다.

애초에 골목길이라 피할 공간도 그리 많지 않았고, 도망갈 퇴로조차 이미 다른 좀비들이 나타난 후였으니까.

어머니는 이미 포위당했다는 걸 보곤 절망적인 마음으로 소년을 감싸 안았다.

"윽, 어, 엄마! 놔, 놔줘!"

"미안, 엄마가 미안해."

"어, 엄마……."

소년은 볼 수 있었다.

일그러진 미소를 짓고 있는 어머니의 모습을.

어머니는 소년을 감싸 안은 채 잔뜩 웅크리며 빌었다.

제발 자신은 잡아먹어도 이 아이만큼은 보지 못하기를.

"그르으으아아!"

"캬아아아아아!"

사방에서 정신없이 몰려오는 좀비 무리를 소년은 어머니의 어깨 너머로 보았다. 마치 시간이 멈춘 것처럼 하염

없이 느릿느릿한 속도로.

소년 얼굴에 그림자가 드리워질 정도로 가까워지자 그는 더 이상 버티지 못하고 눈을 질끈 감았다.

차마 어머니의 몸이 파먹히는 모습과 자신이 죽는 공포를 도저히 직시할 수 없던 것이다.

"크아아아…… 쿠칵!"

우두둑.

가까이 다가온 좀비가 피 묻은 이를 드러내며 덮치려는 찰나, 갑자기 허리가 옆으로 우둑 꺾였다. 곧이어 턱이 함몰되며 저 멀리 나가떨어졌다.

그건 시작에 불과했다.

작은 그림자가 훅 지나가는가 싶더니 그 옆에 있는 좀비는 목 째 뜯겨져 허공으로 솟구쳐 올랐고, 완전히 반대 방향에 있던 좀비 또한 머리가 함몰돼 실 끊어진 목각 인형처럼 축 늘어졌다.

그 뒤로는 마치 태풍이 분 것처럼 좀비들 하나같이 저 멀리 날아가 널브러졌다.

"……와."

소년은 자신의 상태도 잊고 멍하니 감탄사를 내뱉었다.

옅은 갈색 머리의 푸른 눈동자를 하고 있는 남자.

인상은 썩 강하다기보단 유약함에 어울렸지만, 지금 방금 본 것만으로도 소년의 생각이 착각이라는 것 정도는 쉽게 알 수 있었다.

"하룬!"

"여기는 어찌어찌 처리했어요! 그쪽은 어때요?"

"이 근방엔 없는 것 같다. 그보다 괜찮으냐?"

"아직은 괜찮…… 크윽!"

"멍청한 것! 역시 괜찮을 리가 없지! 겉으로 아픔이 느껴질 만큼 영혼에 무리가 가고 있지 않느냐! 더 이상 타인의 운명을 바꾸면 안 돼!"

"이 정도로는 끄덕 없어요. 이보다 더할 때도 많았는걸요."

"이 고집쟁이!"

"미안해요, 사라. 아, 혹시 모르니 잠시 이 주위 좀 부탁할게요."

"그럴 때가 아니다. 어서 여길 떠나야 한다!"

"지금은 제 손을 거치기 전에 사라가 해결하는 게 절 도와주는 거예요."

"……크윽, 나를 걱정시킨 거 나중에 몇 배로 값아 줄 테니 각오하거라!"

남자와 대화하던 여성이 잔뜩 화내며 어디론가 사라졌다.

"세, 세상에, 이게 언제 전부……."

뒤늦게 테리의 어머니도 상황을 인지했는지 멍청한 얼

굴로 연신 주위를 둘러보았다.

그사이 남자는 혹시나 좀비가 주위에 더 있는지 잠깐 살펴보다 어머니에게 다가갔다.

"괜찮으세요?"

"어, 어, 아, 네. 설마 당신이 이 전부를?"

"위험하니까, 어서 피하세요."

"가, 감사합니다! 정말 감사해요!"

"지금 그럴 때가 아니에요. 아직 이곳은 위험하니 어서 대피를……."

"혀, 형! 어머니는 다리가! 다리가 불편해요! 도와주세요!"

소년은 푸다닥 일어나 자신을 구해 준 영웅에 바짓가랑이를 붙잡았다.

그는 직감적으로 알고 있었던 것이다.

이 형이라면, 이 형이라면 자신과 어머니를 구해 줄 수 있을 것임을.

"다리가? 이런, 정말이네. 아주머니, 혹시 몸을 피신할 만한 곳은 있나요?"

"초, 촌장님 저택으로 피신하려고 했어요!"

"거긴 마을 회관으로도 쓰여서 철로 되어 있는 울타리도 있어요! 아마 제 친구들도 거기 다 있을 거예요!"

"그래? 잘됐다. 그럼 차라리 거기서 모두를 지키는 게 좋겠어. 가는 곳 알고 있지? 안내 좀 부탁해."

남자는 다소 몸이 무거워 보이는 덩치의 어머니를 번쩍 안아 들며 말했다.

덕분에 어머니는 부끄러움에 차마 고개를 들지 못했지만, 소년은 그저 경외의 눈길로 남자를 바라보았다.

"이쪽이에요!"

소년은 자신이 앞서 골목길 안쪽으로 달렸다.

남자는 그런 소년을 보호하듯 연신 주위를 두리번거리며 쫓아갔다.

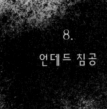

8.
언데드 침공

얼마나 소년의 안내를 받으며 거리를 달렸을까.

저 멀리 촌장 저택이라 불리는 큼지막한 저택이 눈에 들어왔다.

그동안에도 난 혹시나 살아 있는 사람이 있지 않을까 기척을 찾기 위해 정신을 집중했지만, 안타깝게도 근방엔 테리라는 소년과 그의 어머니를 빼곤 살아남아 있는 사람은 없었다. 그저 한없이 다리를 질질 끌며 걸어 다니는 좀비들만 가득할 뿐.

"저, 저기 봐요. 가니아 아줌마, 피트 형, 그리고 저 아저씬!"

"……빵가게 후버 씨구나. 안타깝게도……."

소년이 손가락질하자 그의 어머니가 뒷말을 이었다.

나 역시 돌아보니 그곳엔 큼지막한 덩치의 한 남자 좀비가 서성거리고 있었다.

그래, 무슨 사유인지는 모르겠지만 이미 좀비화 돼 버린 것이다.

"이건 지옥이에요. 대체 누가 우리에게 이런 고난을……."

"운명이란 녀석이겠죠. 테리, 저기가 촌장님 저택 맞지? 좋아, 이리 와 봐."

"네? 뭘 하시려고요?"

"날아갈 거야. 꽉 잡아."

난 한 손엔 테리를 또 한 손엔 테리의 어머니를 안아 든 채 바람의 오러를 일깨웠다.

좋아, 준비 완료. 가자!

파앙!

다리에 힘을 모아 온 힘을 다해 뛰어올랐다.

동시에 바람의 오러를 일으키자 마치 새가 바람을 탄 것처럼 길게 포물선을 그리며 날아가기 시작했다.

"와아아아아아!"

테리의 어머니는 기가 질려 얼굴이 핼쑥해졌지만, 테리는 그저 신기한지 연신 감탄하기만 했다.

"……참담하군요."

날아가며 무심코 아래를 내려다봤는데, 그 광경은 그야말로 참담했다.

불타는 집, 어디서나 볼 수 있는 좀비들, 그리고 들려오는 끔찍한 비명 소리.

정말 참담하다는 말밖에 생각나지 않을 정도다.

"저기예요!"

테리가 손가락으로 저택 입구를 가리켰다.

그곳엔 대략 서른 가량의 사람들을 볼 수 있었는데, 그쪽 역시 상황이 좋지 않은지 저택 입구에 좀비들이 끊임없이 몰려들고 있는 상태였다.

"이쪽이오!"

"어서 안쪽으로!"

몇몇 건장한 남자들이 아직 피하지 못한 노인과 아이, 여성들을 저택 안쪽으로 불러들였고 가장 선두엔 두 명의 남자와 한 사제가 나서서 어찌어찌 좀비들을 막아 내고 있었…… 어, 어라? 저들은?

"형?"

"아, 아냐. 둘은 잠시 여기서 기다려요. 저들을 도와야겠어요."

"네, 네."

"형! 저 괴물들을 다 무찔러 버려요!"

"그래, 알았어."

난 테리와 그의 어머니를 근처 지붕 위에 올려놓은 다음, 곧바로 고군분투하고 있는 세 명의 사람들에게 달려갔다.

"발현하라, 세상의 벗이여! 나타나라, 마나의 진리를 추구하는 나, 네트의 이름으로 명한다! 으으으으으…… 후아아아앗! 매직 에로우!"

"비켜라! 내가 바로 세리프다! 하아압! 헉, 헉. 제길, 끝이 없어! 슈리나! 아직 멀었어?"

"으으읏, 지, 지금 됐어요! 갑니다! 신성 왕국 그웬델의 사제 슈리나가 주님께 기도합니다! 신의 양에게 신의 은총을! 어둠에게 천벌을! 턴 언데드!"

"오오오오오!"

"대, 대단해! 빛이 언데드를 녹이고 있어!"

"저들이라면 어쩌면 언데드를 물리칠 수 있을지도 몰라!"

"무리예요! 저희도 이게 한계입니다! 어서 저택으로 피신…… 으윽."

"슈리나!"

"괘, 괜찮아요. 조금 무리했을 뿐…… 으윽."

"제길, 네트! 슈리나를 데리고 저택 안으로 피신해!"

"너, 너는 어찌하려고!"

"내가 시간을 번다!"

"죽을 생각이냐!"

"적어도 우리 다 죽는 것보단 낫잖아. 이럴 때 리더가 나서야지 언제 나서 보겠어."

"세리프, 너……."

"가라! 그동안 나를 따라 줘서 고마웠다! 흐아아아앗!"

"세리프!"

"세리프 씨!"

"잠깐, 아 늦어 버렸네."

"세리프 기다…… 엉?"

붙잡는 걸 실패한 내가 머리를 긁적이고 있자 눈물 젖은 얼굴로 세리프를 부르던 네트와 슈리나란 분이 나 돌아보았다.

"어? 어라? 당신, 어디선가 많이 본 것 같은…… 어어 어어!"

"다, 당신은!"

"안녕하세요. 일단 상황이 급하니 당신들 리더부터 구하고 보죠."

난 가볍게 말을 마치고 사방에 좀비들로 둘러싸인 세리프가 있는 곳으로 발길을 돌렸다.

"으어어어어어."

"그르르르르."

"이놈들! 죽어! 죽어! 다 죽어 버려어어어어! 우왁! 이

거 놔! 으윽! 제기라아알……!"

"고개 숙이세요."

쾅!

세리프의 팔을 붙잡은 좀비의 머리를 주먹으로 날려 버리며 말했다.

내 말에 세리프는 멍청한 얼굴이 됐지만, 곧 다급히 고개를 숙였다.

난 그 타이밍에 맞춰 엘보우로 막 뒤에서 덮치려던 좀비의 머리를 날려 버렸다.

"우왁! 위, 위험하잖…… 어, 어라? 당신은 서, 서, 서, 설마!"

"엎드리세요."

생각보다 주위에 좀비들이 많아 난 세리프의 머리를 아래로 누르며 말했다.

세리프는 당황해하면서도 일단 내 말대로 몸을 눕혔다.

"하아아아아아아앗!"

세리프가 눕는 걸 확인하자마자 난 바람의 오러를 일깨웠다.

사람들이 휘말릴 수도 있으니까 어느 정도 힘을 조절해서, 좋아, 이쯤이면 되겠지!

"타핫!"

바람의 오러를 주먹에 모아 날카롭게 허공을 가르듯

라이트훅을 크게 내질렀다.

그러자 윈드 건틀렛에 모인 바람의 오러가 반원 형태로 날카롭게 쏘아져 나갔다.

바람이 공기를 베는 소리조차 들리지 않았다.

그저 무한히 조용하고 빠르게 대기를 갈랐을 뿐이다.

후두두둑.

뒤늦게 전방에 있던 좀비들의 몸이 반으로 갈라져 쓰러졌다.

"……."

"저게 무슨……."

"지, 진정 사람인가."

저 뒤에서 내 모습을 구경하던 사람들이 저마다 중얼거리는 게 들렸다.

내 옆에 엎드리고 있는 세리프는 말조차 안 나오는지 입만 뻥긋거리고 있었고.

"뭐해요, 이틈에 뒤로 빠져요."

"네? 아, 네!"

어째서 저사람 갑자기 존댓말 하는 거지?

"세리프 씨!"

"무사했구나!"

"으응. 다행히 살긴 했는데……."

"후아, 일단 이 근처는 정리됐어요."

"오오오! 덕분에 살았습니다!"

"용사님 덕에 살았어요!"

이 근처 눈에 보이는 좀비들을 전부 쓰러트리고 복귀하자 저택 안에 있던 사람들이 환호하며 나를 반겼다.

난 그런 사람들을 지나쳐 간신히 숨을 돌리고 있는 세리프 일당에게 다가갔다.

"세리프 씨 괜찮아요?"

"아니, 저는, 그렇긴 한데……."

"당신, 이, 일격의 주먹이 어째서 여기에……."

"하룬 님!"

세리프와 네트가 우물쭈물하던 그때, 슈리나 사제가 갑자기 날 껴안았다.

"우왁!"

"반가워요. 어쩐지 다시 한 번 뵐 것 같다고 생각했어요."

"자, 잠깐만요! 일단 이것 좀 놓고……."

"그때 그 일로 하고 싶은 말이 많았어요. 정말 그때는 죄송…… 해요."

"슈리나 씨……."

슈리나는 내 품에 얼굴을 묻은 채 사과했다.

비록 그녀의 얼굴은 볼 수 없었지만 난 그녀가 울고 있다는 것 정도는 알 수 있었다.

"……쳇. 나도 그땐 냉정하지 못했던 거 반성하고 있으니까."

"커흠, 리더로서 그때 일은 정식으로 사과합니다."

슈리나 사제의 모습을 봐서인지 네트와 세리프 둘도 마지못해 내게 사과했다.

난 작게 미소 지었다.

"마음에 두고 있지 않았으니까 괜찮아요. 그보다 당신들은 어찌 이곳에…… 크윽!"

"이, 일격의 주먹님!"

"하룬 님!"

가슴을 짓누르는 통증.

제길, 겨우 세리프 한 명 운명을 바꿨을 뿐인데 이 정도 발작이라니.

"하아, 하아. 이, 이제 괜찮아요."

"어디 아프신 데라도 있는 건가요! 말씀하세요! 부족하지만 제가 도움이 될 수 있을지도 몰라요!"

"그런 게 아니에요. 단지…… 제 운명의 업보랄까요."

난 어쩔 수 없이 얼버무리며 쓰게 웃었다.

"촌장 할아버지!"

"오오! 테리! 테리 부인도 살아남으셨구려!"

그런 와중에 테리와 그의 어머니가 상황이 정리된 걸 보고 지붕을 내려온 건지 저 멀리 달려오며 외쳤다.

"모두 무사해서 다행이에요. 저는 이분이 도와주신 덕분에 살았어요."

"허허, 우리도 지금 저분이 아니었으면 큰일 날 뻔했소. 정말 하늘이 도왔구려! 젊은이, 우리들과 테리 부인을 대신해 감사드리오!"

"아닙니다. 그보다 촌장님 되시나요?"

"그렇소, 내가 이 마을 촌장이오."

"그럼 몇 가지 물어볼게요. 지금 이곳에 대피한 분들이 이게 단가요?"

"정확히는 확정지을 수 없지만 저 세 분이 모두를 데려왔다고 하니 아마 이게 다일 것이오."

촌장 할아버지는 세리프 일당을 조심히 가리키며 말했다.

세리프는 그 말이 맞는지 작게 고개를 끄덕여 주었고.

"저기, 그런데 귀인은 어찌 이런 곳에? 아, 아니 그보다 아까 보여 준 그건 대체……."

촌장 할아버지는 차마 질문을 끝까지 할 수 없었던 건지 말끝을 흐렸다.

난 자세히 설명할 시간도, 그럴 생각도 없었기에 간단히 답해 주기로 마음먹었다.

"지나가던 길에 이 상황을 목격했을 뿐입니다. 그보다 대체 좀비들이 얼마나 많이 침범했기에 이 지경이 된 겁니까."

"그게…… 고작 하나였소."

"하나…… 라고요? 그럼 대부분은 이 마을 주민이라는 거군요."

내 물음에 모두들 입을 다물었다.

하아, 충분한 답변이군.

난 더 이상 질문을 그만두고 철창 밖을 돌아보았다.

일단 주위를 정리한 탓에 근처에 살아 있는 좀비는 없었지만, 이런 철창으로는 오래 버티기 힘들어 보인다.

"전부 물리쳤으니 이젠 안전하지 않겠소."

내가 향한 시선을 느낀 건지 곧바로 촌장 할아버지의 답변이 날아왔다.

하지만 내겐 그렇게 낙관적으로 보이지 않았다.

"제가 물리친 건 극소수에 불과해요. 멀리 있는 좀비들이 몰려오면 이런 철창은 금방 무너질 겁니다. 설사 좀비가 들어오지 못한다 해도 그들이 떠나지 않으면 이곳에 고립돼 굶어 죽을 뿐이에요."

"그럴 수가!"

"거 봐! 내가 뭐라 그랬어! 이곳도 위험하다 그랬잖아!"

"아니, 왜 나한테 화를 내! 먼저 가자고 한 건 너였잖아!"

"잠깐, 진정들 하게! 지금 우리끼리 싸울 때가 아니잖나!"

내 말 한마디에 패닉이 찾아온 건지 여기저기 소란스런 목소리가 터져 나왔다. 이런, 말을 조심하는 게 나았으려나.

"혹시 다른 대피 장소는 없나요?"

상황을 일단 정리하기 위해 난 재빨리 질문했다.

하나 촌장도 뾰족한 수는 없는지 어물거리기만 했다.

"그…… 있긴 하오만 거리가 너무 멀어서……."

"어디인데요?"

"저 북서쪽으로 1마일 정도 가면 성벽이 있는 영지가 있소. 그곳이라면 안심이겠지만, 사방이 이래서야 어디 1 야드나 움직일 수 있겠소."

1마일이면 대충 1.5킬로미터 정도인가.

나 혼자라면 쉽게 갈 수 있겠지만 이렇게 많은 사람들과 함께하는 건 솔직히 버겁다.

대규모로 움직이기 시작하면 흩어져 있는 좀비들까지전부 몰려올 테니까.

"어쩔 수 없죠. 여기 계속 서 있는 게 더 위험해요. 짐을 챙기세요! 제가 엄호할게요!"

"자, 잠깐만 기다려 주십시오! 거기는 안 됩니다!"

내가 모두를 보채는 그때, 세리프가 인파를 비집고 나

왔다.

"영감님! 그 북서쪽에 있는 영지라면 이스칸다 영지를 말하는 거지요? 거긴 이미 글렀어요! 그곳으로 가면 다 개죽음입니다!"

"개죽음이라니 그게 무슨 말입니까!"

"상인을 호위하는 임무 수행으로 이곳을 지나가던 중에 그 영지로 이동하던 어마어마한 규모의 언데드 무리를 봤어요! 저희도 겨우겨우 대피해 지금 여기 있는 것 아닙니까!"

"허허!"

"이 무슨 말세 같은 일이……."

그렇구나.

세리프 씨의 말대로라면 언데드 본대가 이동한 곳은 그 영지…… 어? 그런데 잠깐, 지금 무슨 영지라고?

"잠깐만요! 세리프 씨! 거기가 어디라고요!"

"컥! 으읏! 자, 잠깐 이것 좀 놓고!"

당황해 옷깃을 잡아당겼는데 힘이 보통이 아닌지라 목이 졸렸던 것 같았다.

난 황급히 손을 놓았다.

"콜록, 콜록! 무슨 힘이 이렇게…… 내 말했잖습니까. 이스칸다 영지는 이미 끝장났을 거라고……."

"이스칸다! 설마 그 영지가 이스칸다 자작의 영지입니

까?"

"이스칸다가 그 이스칸다밖에 없으니 맞겠지요. 혹시 그곳에 누구 아시는 분이라도?"

난 허망함에 비틀거렸다.

이스칸다.

설마 이런 상황에서 그녀의 운명이 다시 얽히게 되다니.

"하룬! 여기 있었구나! 피신한 자들이 이리 많다니…… 하룬?"

뒤늦게 날 찾은 여제가 철창을 가볍게 뛰어넘으며 내게 다가왔다.

그 모습을 본 사람들은 모두 의아해했고, 세리프 일당은 여제의 얼굴을 알고 있는 건지 경악한 표정을 지었지만 나는 그녀에게 신경 쓸 수 없었다.

"……구해야 해요."

"구해? 정신 차리거라! 지금 누구를 구한다는 것이냐!"

"그녀를 구해야 해요. 아이샤 그립 이스칸다! 그녀가 지금 위험하다고요!"

난 절규하듯 외쳤다.

어째서, 왜 갑자기 이런 상황에 그녀가 죽을 위기에 처한단 말인가!

하룬의 실수로 영영 사교계에 얼굴을 내밀 수 없게 된 그녀, 덕분에 파티 무도회장에서 사과한 내 뺨을 세차게 날렸던 그녀. 그리고…… 지금도 아마 나를 증오하고 있을 그녀.

문득 입술을 꽉 깨물며 울먹이던 그녀의 얼굴이 새삼 떠올랐다.

그리고 도망치듯 무도회장을 떠났던 뒷모습까지도.

그 모습을 보고 언젠간, 상황이 된다면 정식으로 사과하러 가리라 마음먹었었는데…… 그게 이런 식으로 일이 벌어질 줄이야.

"아이샤? 그 이름은…… 혹시 이스칸다 자작의 영애를 말하는 것이냐?"

"네! 지금 그녀가 있는 영지에 대규모 언데드가 침공했다고요! 도와주지 않으면, 그렇지 않으면……!"

"진정하거라. 지금 너 혼자 거길 가 무얼 할 수 있단 말이냐."

"하지만 그녀가 위험하다고요!"

"그럼 이들은 내버려 둘 거냐?"

이어진 물음에 난 말문이 막히고 말았다.

그 모습을 본 여제는 말없이 나를 인적이 드문 장소로 끌고 와 내 양 볼에 손을 가져가 대며 말했다.

"머리를 식혀라. 여기서 네가 정신 못 차리면 정말 전부 끝이다."

그 말에 찬물을 끼얹은 것처럼 머리가 차갑게 식었다.

그제야 나는 여제의 눈이 매우 흔들리고 있다는 것을 처음 볼 수 있었다.

생각해 보니 그녀도 나만큼 혼란스러울 것이다.

그런데 바보 같이 나만 생각하다니.

"……죄송해요. 이제 괜찮아요."

"후우, 다행이구나. 그런데 어째서 아이샤 영애를 그리 걱정하는 게냐."

"……그녀는 제정신이 아니었던 하룬의 피해자예요. 어느 정도는 사라도 아시죠? 후우, 맞아요. 정말 큰 실수를 저질렀죠."

"그건 너와는 아무 상관도 없는 이야기가 아니냐."

"언젠가 꿈을 꾼 적이 있어요. 강박 관념에 시달리던 한 능력 없는 남자의 이야기죠."

"하룬의 꿈이로구나."

난 쓰게 웃으며 고개를 끄덕였다.

"모두가 그를 천치라 불렀지만 그는 오로지 원딜트가의 차남이라는 프라이드를 지키며 저 홀로 외롭게 살았어요. 그런 하룬에게도 딱 한 명 친구가 있었죠. 그녀가 바로 아이샤 영애예요."

"뭐? 그럼 하룬은 친구를 강간했었다는 거냐?"

"우연찮게 아이샤 영애가 에스다 형님에게 고백하는 모습을 보게 되었죠. 순간 그는 아이샤 영애가 이 목적을 위해 자신에게 가까이 다가왔었던 거라고 생각했던 거예요. 덕분에 그동안 굳건했던 프라이드가 깨지고, 제정신을 잃은 그가 충동적으로 아이샤 영애를 덮쳤어요."

"……."

"저는 무도회장에서 아이샤 영애의 얼굴을 보고 그 전부가 오해였다는 것을 확신할 수 있었어요. 아마 그 역시 뒤늦게 깨달았겠죠. 그 일이 있은 후부터 완전히 망가져 망나니가 될 정도였으니까요. 그렇게 망가질 대로 망가진 그는 죽을 결심으로 마나 증폭을 시도하며 한평생 믿지 않던 신에게 기도했었어요. 만약 자신이 다시 삶을 살 수 있게 된다면 이번엔 가족을 지키겠다고, 그리고 배신한 친구를 지키겠다고. 그래서 가야 해요. 그가 다짐했던 단 한 명의 친구를 구하기 위해서. 그게 하룬의 몸을 빌리고 있는 제가, 해 줄 수 있는 마지막 성의예요."

내가 쓰게 웃으며 말을 마치자 여제는 눈썹이 살짝 찌푸려졌다.

"그래서 죽어도 가겠다는 거냐."

"저 혼자서라도 가야 해요."

내가 확고히 말하자 그녀는 손으로 자신의 눈가를 가렸다.

"네 녀석은 처음부터 그랬어. 동생을 위해 이곳으로 넘어와 이세트 영애를 구하려고 쉐도우 소드와 싸웠고, 그 뒤에도 가족을 지키기 위해 자존심도 버리고, 내게 스승이 되어 달라며 무릎 꿇었지. 후엔 그런 나까지 목숨 걸고 지키려 하지 않나, 이렇게 아무런 연관도 없는 자들을 위해 서 있지 않나. 대체 어째서 네 녀석은 남부터 걱정하는 거냐. 어째서 자신은 돌보지 않느냔 말이다."

"사라."

"마음에 안 들어. 너무 바보 같아서 신경이 쓰이지 않을 때가 없어."

"미안해요."

"……그래서일지도."

"네?"

"네 마음 잘 알았다. 이제 나도 망설이지 않으마. 가자! 이스칸다 영지까지 너와 내가 저자들을 호위한다!"

검을 빼 들며 힘차게 말하는 그녀의 얼굴이 그 어느 때보다도 강인해 보였다.

나는 멍하니 그녀를 올려다보다 힘차게 외쳤다.

"네!"

내가 결코 이 운명을 바꾸리라.

# 9.
## 결전의 항전

"빌어먹을. 언데드가 득실거리는군. 지원군은 아직인가?"

"소식은 전해졌지만 적어도 사흘은 걸릴 것 같습니다."

"크윽! 이렇게 굼벵이 같아서야!"

"그보다 영주님, 저 속도라면 해가 질 무렵에 당도할 것입니다."

"밤이 되면 우리가 불리하다. 크윽, 어쩔 수 없지. 지원군은 필요 없다! 적을 요격할 준비를 하라!"

"네! 피닉스 기사단장에게 북을 쳐 신호를 보내라!"

둥둥둥둥.

"단장님, 신호 왔습니다!"

"좋아, 모두 준비됐나! 랜스를 들어라!"

기사단장이 말에 올라탄 채 피닉스 문양의 깃발 달린 랜스를 치켜들자 모두들 하나된 것처럼 랜스를 어깨에 파지했다.

수백 명의 기사들이 하나된 것처럼 행동하자 뒤에 시립한 병사들이 절로 어깨를 움츠렸다.

그 모습을 보고 있던 기사단장은 비로소 만족스런 미소를 지었다.

"출진한다! 성문을 열어라!"

"성문을 열어라!"

"성문을 열어라!"

ㄷㄷㄷㄷㄷㄷㄷ

거대한 성문이 열리자 수천, 수만 마리의 언데드가 개미떼처럼 득실거리는 모습을 확인할 수 있었다.

병사들은 그 모습에 기가 질렸지만 도망갈 수 없기에 다리만 부들부들 떨었다.

"두렵나?"

"아, 아닙니다!"

"그래, 두려울 것 없다. 저것들은 그저 걸어 다니는 산송장일 뿐이니까. 우리가 누구인가! 수많은 전쟁 속에서도 살아남은 피닉스 기사단과 피닉스 병사들이다! 살아

숨쉬는 뜨거운 전장에서도 살아남은 우리가 고작 숨도 안
쉬는 개미떼에게 질 수 있겠는가! 가자! 피닉스의 이름으
로!"

"피닉스의 이름으로!"

"전구우운! 돌겨어어어억!"

"와아아아아아아아아아아!"

"가자! 이랴, 이랴!"

두두두두두두두두.

수백 마리의 말이 일시에 달리자 대지가 흔들리고 모
래 먼지가 피어올랐다.

그 뒤를 따라 창을 꼬나 쥔 병사들이 힘차게 발을 내딛
었다.

그렇게 수천 명의 사람들이 성문을 빠져나왔고, 그들
은 곧바로 언데드 무리 정중앙을 향해 돌격했다.

우두둑, 뼈가 부셔지는 소리, 말들의 울음소리와 병사
들의 외침이 전장에 뒤섞였다.

언데드는 생각 자체가 없기에 돌격해 오는 창을 바닥
에 세워 영격하는 기본적인 전술조차 하지 않아 그저 무
차별적으로 짓밟히기 시작했다.

"적이 속수무책으로 당하고 있습니다!"

"오오오! 역시 우리 자랑스런 피닉스 기사단이로다!
이때다! 궁병들도 성문 밖으로 나가 지원 사격하라!"

"그랬다간 이곳에 병력이 남아 있지 않게 됩니다!"

"저것들은 그저 눈앞에 먹이만 탐할 줄 아는 굼벵이 언데드일 뿐이다! 저런 느린 걸음으로 무슨 기습을 걱정하는가!"

"알겠습니다! 북을 울려라! 전군 출진이다!"

이스칸다 자작 명령에 행정관은 병사에게 명령을 내렸다.

"뚫어라! 반으로 갈라 버려!"

기사단장이 눈앞에 보이는 언데드 한 마리의 머리통을 랜스로 꿰뚫으며 외쳤다.

기사단의 돌격 작전은 언데드 무리 정중앙을 꿰뚫어 양분시키는 전술을 구사하려 했고, 그 작전은 거의 성공하려 하고 있었다.

"이랴! 멈추지 마라! 앞을 향해 돌진…… 어, 어어. 따, 땅이 흔들린다!"

"이, 이게 뭐지? 으읏! 날뛰지 마!"

"지진? 말을 진정시켜라! 우선 자리를 벗어나…… 우, 우와아악!"

쾅쾅!

병사들에게 명령을 내리던 부장 바로 밑에서 땅이 폭발하더니 거대한 지렁이 같이 생긴 괴수가 튀어나와 한 입에 말과 부장을 집어삼켜 버렸다.

그 모습에 병사들은 물론이고 닦달하던 기사단장까지 넋을 놓았다.

"저, 저게 뭐야!"

"샌드웜이다!"

"어, 어째서 저런 대형 몬스터가! 여기에!"

"언데드다! 샌드웜도 언데드가 되어 있어!"

"퀘에에에에에엑!"

병사들이 정체를 파악하기 무섭게 샌드웜이 입을 크게 벌렸다.

그러자 아직 위에서 소화시키지 못한 돌덩이들이 한꺼번에 쏟아지기 시작했다.

"피, 피해, 크아아악!"

"사, 살려 줘!"

"으아아아아아악!"

작은 건 10미터, 최장 크기는 20미터나 하는 거대 괴수가 내뱉은 돌덩이는 하나하나 치명적인 피해를 안겨 주었다.

그야말로 투석기를 일거에 쏘아 낸 느낌이랄까? 그런 공격을 성벽의 도움도 없이 기마병과 병사들이 어찌 막을 수 있겠는가.

"후, 후퇴하라! 일단 샌드웜에게서 떨어져라!"

"반전하라! 일단 물러난…… 저, 저게 뭐야!"

"끼에에에에엑!"

"하, 하늘에 무언가가 날아오고 있습니다!"

"저건…… 맙소사! 새?"

"새떼다! 수백, 아니 수천 마리의 언데드화 한 새들이다!"

"이 무슨! 하늘을 뒤덮을 정도라니!"

"도, 도망쳐! 으악! 내 다리!"

"크르르르릉! 월월!"

"뭐, 뭐야! 개?"

"언데드 울프다! 이 자식이! 어딜! 젠장, 너무 빨라!"

정면은 거대한 샌드웜, 하늘은 수없이 많은 언데드 버드, 그리고 지상에는 언데드 울프가 기사단과 병사들을 유린하기 시작했다.

그러는 사이, 후방도 인간 언데드가 가로막아 어느새 완전히 포위되고 말았다.

"안 돼! 안토니! 이 자식들! 안토니! 괜찮아?"

"크아아아아!"

"커헉! 아, 안토니 어째서……."

"카젝! 뭐, 뭐야! 동료들이 언데드가 되고 있잖아!"

엎친 데 덮친 격으로 조금 전까지만 해도 동료였던 자들이 적이 되어 동료를 깨물었다.

지금 당장 하나로 뭉쳐 대처해도 이 지옥을 벗어날 수

있을까 의문인데, 내부에서부터 진형이 망가지기 시작한 것이다.

"언데드에게 당한 전우는 숨통을 끊어 줘라! 그렇지 않으면 우리까지 전염된다!"

언데드화 된 부장의 머리통을 일수에 잘라 버린 기사 단장이 크게 외쳤지만 그는 이미 패색이 짙어졌음을 예감했다.

"언데드 짐승에 언데드 몬스터라니…… 그랬구나. 그래서 모두 지금까지 저 언데드 무리를 막아 내지 못했던 거야."

"여, 영주님! 이 대로면 전멸입니다! 남은 병사들이라도 퇴각시켜야 합니다!"

"크으윽! 병사들을 불러들여라!"

"퇴각하라! 북을 쳐라!"

"네! 영주님의 명령이다! 북을…… 해, 행정관님! 저기를 보십시오!"

"응? 아, 아니, 저건! 오, 오우거다! 대형 몬스터다!"

"이, 이쪽으로 돌격하고 있습니다! 영주님! 피, 피하십…… 우와아아아아아아아악!"

퇴각의 지시가 내려지기도 전, 저 숲에서 10미터 크기의 거대한 오우거 한 마리가 나타나 뿔난 소처럼 이스칸다 자작이 서 있는 성벽으로 돌격했다.

오우거가 한 걸음 지면을 내딛을 때마다 지진이 난 것처럼 바닥 전체가 울렸다.

몇몇 말을 탄 기사가 저지하려고 했지만, 낙엽처럼 쓸려 나갈 뿐이었다.

콰아아앙!

"으아아아아아악!"

"영주니이이이임!"

이윽고 오우거의 어깨와 성벽이 정면충돌했다.

그러자 힘이 얼마나 강한지 그 단단한 성벽이 투석기 돌에 집중 공격 당한 것처럼 부서졌다.

성벽에 올라서 있던 병사들은 물론이고, 이스칸다 자작도 무너져 내리는 돌더미와 함께 먼지 속에 사라져 버렸다.

그를 지켜보던 병사들은 좌절하지 않을 수 없었다.

"서, 성벽이…… 무너졌어."

"영주님이 당하셨어. 우, 우린 어찌해야 하지?"

"모, 몰려온다. 어, 언데드들이 이쪽으로 몰려온다!"

"도망쳐! 으아아아아악!"

"도망치지 마라! 불화살을 쏴서 적을 막아! 진형을 무너트리지 마…… 크아아악!"

성벽 안쪽에서 땅을 파고 들어온 언데드 샌드웜이 한 입에 병사 수십을 씹어 먹었다.

오우거가 뚫은 성벽에는 언데드 오크와 고블린이 쏟아져 들어왔고, 성문도 언데드 오우거가 결국 부수어 버렸다.

"까아아아아악!"

"여보! 으아아아악!"

그렇게 성문이 뚫리자 본격적으로 언데드가 침범해, 결국 마을 주민들에게까지 피해가 전해지기 시작했다.

그야말로 아수라장.

더 이상은 싸움이 아니라 학살일 뿐이었다.

"으으으윽, 내 성이…… 내 영지가……."

어찌어찌 살아남아 돌더미에 한쪽 팔이 깔려 옴짝달싹도 하지 못하는 이스칸다 자작.

그는 주민들의 비명 소리를 들으며 참담함에 눈물을 흘렸다.

"퀘에에에에엑!"

그런 자작 앞에 등장한 샌드웜.

집채만 한 크기의 거대한 덩치가 자작 바로 눈앞에 다가와 그늘을 드리우자 자작은 실소했다.

"하하하, 하하하하하하! 그래, 잡아먹어라. 미개한 너희들이 할 수 있는 일이 그것 말고 뭐가 있겠느냐! 오거라!"

"퀘에에에에엑!"

"영주니이이임!"

속 안이 훤히 보일 정도로 샌드웜의 입이 크게 벌려졌다.

그렇게 허망이 샌드웜의 뱃속으로 삼켜지려 하는 바로 그때.

"꿰뚫어라!"

쾅!

그 거대한 샌드웜이 일격에 머리가 꿰뚫려 저 멀리 나가떨어졌다.

"⋯⋯."

"⋯⋯."

모두들 아무 말도 하지 못했다.

그저 머리가 터진 샌드웜만이 몸을 비틀며 괴로워할 뿐이었다.

이스칸다 자작은 멍하니 자신을 구해 준 남자를 올려다보았다.

그리고 곧 정체를 알아볼 수 있었다.

"다, 당신은⋯⋯!"

"헉, 헉. 으으, 아아아아악!"

분명 아무런 상처도 없었지만, 어째선지 하룬은 심장을 움켜쥐며 괴로워했다.

얼굴도 마치 병자처럼 핏기 하나 없었다.

"하룬!"

뒤늦게 여제가 달려와 하룬을 부축했다.

그녀는 참담한 얼굴로 하룬의 안색을 살폈다.

"이제 한계다. 그러니 하룬, 하룬!"

"아직, 아직은…… 괜찮아요."

하룬은 여제의 만류의 손도 뿌리치고, 어기적어기적 마치 언데드처럼 이스칸다 자작에게 다가갔다.

그 모습이 얼마나 처량해 보이던지 딸에게 큰 상처를 준 당사자를 눈앞에 두고서도 그는 아무런 생각도 할 수 없었다.

"으으으아아아아아아!"

하룬은 이스칸다의 손을 짓누르고 있던 돌덩이를 어깨로 밀어냈다.

이미 자작의 팔은 형태를 알아볼 수 없을 만큼 망가져 있었지만, 그것만으로도 자작은 한결 편해졌는지 찌푸리고 있던 표정이 조금 펴졌다.

"하아, 하아. 피해요. 당장 마을 주민들과 병사들을 데리고 이 땅에서 도망가요."

하룬은 자신이 데려온 마을 사람들과 어쩔 줄 모르고 있는 병사들을 차례차례 가리키며 말했다.

하지만 이스칸다 자작은 흔들흔들 고개를 저었다.

"……늦었습니다. 보십시오, 사방이 적이고 병사들은

거의 전멸했습니다. 이런 상황에서 대체 무슨 수로 도망가란 말입니까."

"그렇다고 여기 주저앉아 있을 겁니까! 크윽! ㅇㅇㅇ
윽!"

"하룬! 아무래도 안 되겠다. 넌 잠시 물러나 쉬거라.
너희들, 잠시 하룬을 부탁한다."

"네, 여명의 여제님. 슈리나, 치료 주문을! 네트, 주위
좀 살펴 줘."

세리프가 일사분란하게 명령을 내렸다.

이미 세리프 일당은 추종자라도 된 것처럼 자연스럽게
여제의 명령을 받았다.

분명 마을주민들을 이끌고 이곳까지 오는 동안 수많은
일들이 있었으리라.

"이스칸다 자작, 내가 누군지 알겠나."

"여명의…… 여제님이군요."

"그래, 딱 한 번이지만 본 적이 있었지. 잘 기억해 주
고 있구나."

"크으윽, 하아, 하아. 어찌 여제님의 얼굴을 잊을 수
있겠습니까. 몸이 불편하여 예를 갖추지 못하는 점, 양해
해 주십시오."

하룬을 상대할 때와는 차원이 다를 정도로 예를 갖추
는 이스칸다 자작.

그 이유를 모를 리 없는 여제이므로 추궁하거나 하진 않았다.

"괜찮다. 그럼 얘긴 빠르겠지. 이스칸다 자작, 당장 남은 병사들을 데리고 저택으로 피신해라."

"저택으로…… 말씀이십니까."

"이곳은 전장이 너무 넓다. 아무리 나라도 모두를 지키긴 힘들어. 그러니 농성을 벌일 곳이 필요하다."

"하나…… 아무리 여제님이라 하실지라도 언데드 전부를 막는 건 무리입니다."

"우린 지원군이 올 때까지만 버티면 된다. 그들의 소식은 알고 있겠지? 마카로니 제국 본대는 언제 도착하지?"

"그런…… 크윽, 적어도 이틀은 걸릴 겁니다. 하지만 저택도 이미 늦었습니다. 아까 언데드 울프들이 저택으로 향하는 걸 보았습니다. 아마도 지금쯤은……."

"뭐라고요? 잠깐만요! 이스칸다 자작님!"

뒤에서 얘길 듣고 있던 하룬이 다시 앞으로 나섰다.

그는 아직도 괴로운지 가슴을 움켜쥔 채 말을 이었다.

"아이샤 영애는 지금 어디에 있나요! 설마, 설마 저택입니까!"

"으윽, 하아, 하아. 일격의 주먹님은 그걸 어째서 묻는 겁니까."

"대답해 주세요!"

하룬이 보채자 자작은 이해할 수 없어 눈살을 찌푸렸다.

하지만 한낱 자작의 신분으로 백작에 봉해져 있는 하룬의 질문을 무시할 수는 없었다.

"아마도 그럴 겁니다."

"젠장! 역시나!"

"하룬! 성급히 행동하지 말거라!"

"괜찮아요. 사라, 당신은 이들을 엄호해 저택으로 와 주세요. 저는 먼저 저택으로 달릴게요."

"그런…… 하룬!"

하룬이 앞서 저택으로 달려갔지만, 여제는 그런 그를 막을 수 없었다.

여기서 무슨 선택을 해도 그는 운명을 바꿀 테니까.

"저런 바보 천치!"

여제가 짜증 섞인 울분을 토해 냈다.

세상에! 냉혹한 감정 때문에 얼음 공주라 불리는 여제가 저리 격정하다니.

이스칸다 자작은 눈앞에서 보고도 믿겨지지 않았다.

이스칸다 자작은 새삼스레 이미 콩알만 하게 작아진 하룬의 뒷모습을 돌아보았다.

"대체 여제님과 일격의 주먹이 무슨 관계이기에……."

"실례합니다. 상처가 위중하니 우선 치료할게요."

"그웬델의 사제시군요. 고맙소."

"인사는 일격의 주먹님에게 하셔야 합니다. 저는 아무 것도 한 게 없어요."

"……대체 무슨 일이 있었던 겁니까."

"일격의 주먹, 그분은 정말…… 희생이 무엇인지를 몸소 보여 주고 계세요."

사제 슈리나는 격동을 참을 수 없는지 아랫입술을 꽉 깨물었다.

"저도 자세히는 모르지만 어쩐지 그분은 사람을 구해 줄 때마다 고통 받는 것 같았어요. 아무리 치료를 해 주어도 그 상처만큼은 치료할 수 없었죠. 그런데도 그분은 하루 내내 여기까지 오면서 저희와 마을 사람들을 지켜 줬어요. 몇 번이나, 몇 번이나 쓰러져도 다시 일어나…… 언데드를 무찔러 주셨죠."

"그런……."

"그럼에도 그분은 자작님을 구해 줬어요. 그리고…… 또다시 아이샤 영애를 구하려 하고 있죠."

그 말에 이스칸다 자작의 눈빛이 흔들렸다.

"자작님과 그분의 사정은 저도 알고 있어요. 하지만 조금이라도 좋으니 그분을 용서해 주셨으면 해요."

"대체 그에게 무슨 병이 있기에."

"운명을 뒤튼 반동이니라. 지금 당장 그의 영혼이 찢겨져도 하등 이상할 게 없는 상태지. 그런데도 저리 무모하게 운명을 뒤틀려 하다니, 쯧쯧."

"다, 당신은?"

"어, 언제……."

어느 틈에 이스칸다 자작과 슈리나 앞에 나타난 건지 붉은 머리의 신비로운 어린 소녀가 고개를 설레설레 저으며 혀를 차고 있었다.

"하여간 기석도 그렇고, 영웅이라 일컫는 자들은 어찌 자신을 헤프게 다루는 건지…… 도저히 이해할 수가 없구나. 하아, 더 이상 인간의 인연엔 엮이지 않으려 했건만. 베티! 너도 이미 보고 있지! 언제까지 방관할 테냐!"

"베티?"

모두가 의문을 품었지만 붉은 머리의 소녀는 꿋꿋이 하늘을 올려다볼 뿐이었다.


"으으, 살려 주어…… 언데드가 되기 싫…… 커걱! 으으으으."

"이봐요! 괜찮아요?"

"그르르르르륵."

"제기랄!"

피거품을 물며 고통에 몸부림치던 한 병사가 갑자기

눈을 뒤집고 하룬에게 달려들어 하룬은 어쩔 수 없이 병사를 쓰러트렸다.

"헉, 헉. 제길, 너무 늦었어!"

눈앞에 언데드가 된 병사는 시작에 불과했다.

저택 입구엔 수많은 시종들과 병사들이 바닥에 널브러져 있었는데, 그 전부들 하나같이 눈을 뒤집은 채 어기적어기적 일어나고 있었던 것이다.

"크르르르, 컹컹!"

게다가 몇몇 시체를 파먹던 언데드 울프까지 하룬에게 눈을 돌렸다.

하룬은 참을 수 없는 분노에 언데드 울프들에게 달려가 전부 일격에 머리통을 부숴 버렸다.

"그르르르르르."

그렇게 한바탕 휘젓자 시체가 되어 일어난 자들이 하룬을 포위하기 시작했다.

하룬은 이들 전부를 처리하고 올라가면 늦어 버릴 거란 생각에 높디높은 저택을 올려다보며 소리 질렀다.

"아이샤아아아아아아!"

그의 목소리는 쩌렁쩌렁 대기를 울리며 저택 꼭대기까지 올라갔다.


"막아라! 아가씨에게 가게 해선 안 된다!"

이스칸다 가문, 장녀가 거주하는 곳은 아이샤 영애를 호위하는 기사 셋이 저택 안으로 들어온 언데드 울프를 필사적으로 막아 내고 있었다.

하나 그것도 오래 유지될 것 같아 보이진 않았지만.

"아가씨! 어서 피하셔야 합니다!"

"유모, 기억나? 어릴 때 내가 울 때마다 여기서 머리를 쓰다듬어 준거."

어릴 적부터 아이샤를 돌봤던 유모가 다급히 보챘지만, 어째선지 아이샤는 차분히 침대에 앉은 채로 옛이야기를 꺼냈다.

"아가씨! 지금 그런 말씀을 하실 때가……!"

"그때도 그렇고 지금도 난 유모가 참 좋아."

"아가씨……."

"미안해, 유모. 그렇게 돌봐 줬는데 바보 같이 커서."

"아니에요, 아가씨! 왜 그런 말씀을 하세요! 아가씨는 이 유모의 크나큰 자랑이세요!"

"……고마워. 그때 내가 유모 말을 들었다면, 만약 하룬 공자와 만나지 않았더라면 좀 더 인생이 달라졌을까?"

"그 죽 쒀 먹을 자식 얘긴 하지도 마세요!"

"그런데 있잖아…… 이렇게 죽을 때가 되니까 문득 궁금해지네. 그날 대체 그는 어째서 내게 사과한 걸까 하고."

"일부러 그런 거예요! 수많은 귀족 부인들 앞에서 아가씨를 농락하려고 했던 게 틀림없다니까요!"

"역시 그런 걸까."

"크아악! 더, 더 이상은 무립니다! 아가씨! 어, 어서 대피를!"

"지웬! 젠장, 이미 물렸잖아!"

"난, 틀렸어. 미안하다, 언데드가 되기 전에 죽여 줘. 그리고 아가씨를 부탁한다."

아슬아슬한 줄다리기 중, 한 기사가 언데드 울프에게 물리면서 균형이 깨지고 말았다.

그 모습을 본 유모는 핼쑥한 얼굴로 다급히 아이샤의 팔을 잡아당겼다.

"지금 이럴 때가 아니에요! 어, 어서 도망쳐야 해요!"

"유모, 이스칸다 가문의 장녀인 내가 죽을 곳은 여기야."

"아가씨!"

"미안, 정말 미⋯⋯!"

연신 미안하다고 중얼거리던 아이샤가 갑자기 테라스를 돌아보았다.

그녀는 믿겨지지 않는 얼굴로 한없이 테라스를 돌아보다 벌떡 일어났다.

"아가씨? 아가씨!"

치마를 살짝 들고 달렸다.

단순히 헛것을 들었거나 망상에 지나칠지도 모르지만 그래도 달렸다.

비록 악연이라 할 수 있지만, 아이러니하게 그녀가 지금 가장 머릿속에 남아 있는 자의 목소리였으니까.

벌컥!

커튼을 젖히고 테라스 문을 열어젖히자 피냄새 배인 차가운 공기가 훅, 방 안으로 밀려 들어왔다.

"아가씨, 위험해요!"

뒤늦게 유모가 달려왔지만, 아이샤는 유모의 만류에도 불구하고 난간까지 달려가 크게 몸을 굽혀 아래를 내려다보았다.

그리고 결국, 볼 수 있었다.

평생 잊지 못할 한 남자의 얼굴을.

"……!"

직접 눈으로 보고도 믿겨지지 않았다.

어째서 이곳에 그가, 어째서 자신을 찾아와 목청껏 부르짖는지.

순간 그의 이름이 터져 나올 것 같아 아이샤는 자신의 손으로 입을 가렸다.

이제 와서 자신은 그에게 도움을 청할 건가? 그렇게나 자신의 인생을 망가트린 저질스런 남자에게?

소드 마스터가 되어 쉐도우 소드와 대등한 대결을 펼치고 전격의 공작까지 이겨 버린 그의 업적은 이 먼 이스칸다 영지까지 들려올 정도로 대단했다.

그런 소식을 들을 때마다 아이샤는 강한 질투심에 밤새 잠 한 숨 못잘 정도였다.

누구 때문에 자신은 이리도 망가졌는데, 어째서 악귀 같은 그 남자는 승승장구하며 살아가고 있는지에 대한 부조리 때문이었다.

치가 떨렸다.

분명 증오해 마지하지 않건만, 이렇게 죽을 날이 찾아오니 나약하게 기대려 하는 자신에게 화가 났다.


"죄송…… 합니다."


순간 무도회장에서 자신에게 고개 숙여 사과한 그의 모습이 아이샤 머릿속에 다시 떠올랐다.

여지 껏 들었던 의문.

어째서 그는 그날 사과했던 걸까.

뺨을 맞을 걸 알면서도, 수많은 귀부인들에게 못 볼 꼴 보일 것을 알면서도, 어째서!

유모의 말대로 귀족 부인들 앞에 자신을 농락하려고 한 걸까? 혹시 정말 진심으로 자신에게 사과하려 했던 게 아닐까?

아이샤는 거기까지 생각하다 다급히 뒤돌아보았다.

이미 방 안엔 기사 셋 전부 죽어 있었고, 어머니라 여기던 유모마저 자신의 몸을 방패로 언데드 울프들을 막아내고 있었다.

"유모!"

"아…… 가씨, 어서 피…….."

목줄기를 물려 피를 철철 흘리면서도 유모는 아이샤만을 걱정했다.

그 모습에 눈물을 흘리던 아이샤는 다시 테라스 밖을 돌아보았다.

주먹이 꽉 쥐어졌다.

피가 흐를 정도로 입술을 깨물었다.

그래서 이제 와 그를 부르면 뭐가 달라지는가. 설령 그가 자신을 돌아본다 할지라도 그가 자신을 도와주겠는가.

자신을 강간했던, 자신을 영원히 증오할 거라고 눈앞에서 말하던 그 남자가.

어쩌면 언데드 울프에게 잡아먹히는 자신을 올려보며 히죽히죽 웃는 게 아닐까.

머릿속이 복잡하다.

하나 생각할 시간은 없었다.

지금 당장에도 언데드 울프가 자신의 목줄기를 물어뜯

기 위해 달려오고 있었으니까.

"하룬…… 하룬! 하루우우우우운!"

목청이 찢겨지는 듯한 목소리가 대기를 뚫고 하룬에게 닿았다.

당연히 이를 듣지 못할 하룬이 아니었다.

"거기냐아아아아! 날아라아아아아아아!"

쾅!

하룬이 아이샤를 발견한 순간, 대지를 박차며 그대로 날아올랐다.

10.
사랑 그리고 결정

아이샤는 입을 다물지 못했다.

어찌 인간이 하늘을 날다니!

"이쪽으로! 어서 뛰어!"

테라스 밖, 허공에서 손을 내민 하룬의 모습이 어쩐지 하늘에서 강림한 천사처럼 보였다.

그건 단순히 해를 등지고 섰기에 그런 걸지도 모른다.

하지만 아이샤에게 있어선 지금 당장 자신을 구원해 줄 단 한 명의 남자였기에 충분히 그렇게 생각할 법도 했다.

아이샤는 마치 자석에 이끌리는 것처럼 난간에 발을 걸쳐 도약했다.

하룬이 그런 자신을 받아 주지 않아 바닥에 곤두박질

칠지도 모른다는 생각은 하지도 못했다.

그저 이렇게 뛰는 게 운명이었던 것처럼 매우 자연스러운 행동이었다.

하룬은 매우 소중한 이를 대하듯 온몸으로 아이샤를 끌어안았다.

아이샤는 그렇게 하룬의 가슴팍에 끌어안겨서야 비로소 깨달을 수 있었다.

이 남자는 진심으로 자신을 지켜 주려 한다는 것을.

"다행이야, 늦지 않아서."

"당신…… 어째서 저를……."

"그야…… 컥! 아아악! 아아아아아아악!"

아이샤를 구해 주기 무섭게 찾아온 반동.

지금까지의 고통은 전부 별거 아니라는 듯이 정신을 유지할 수 없을 아득한 고통이 찾아왔다.

심장은 꽉 막힌 듯이 답답했고, 머리는 깨질듯이 아파 눈조차 뜰 수 없었다.

덕분에 오러조차 유지할 수 없어 둘은 그대로 추락하기 시작했다.

"꺄아아아아아악!"

"으으윽, 으아아아아아아아아!"

고통 때문에 정신이 아득해졌지만, 그래도 아이샤만큼은 구해야 한다는 마음에 한 줌의 오러를 일깨워 추락하는 가속도를 줄이는 데 성공했다.

하룬은 아이샤를 꽉 끌어안은 채 등부터 바닥에 떨어졌다.

숨이 턱 막힐 정도로 충격이 엄습했지만, 다행히 오러 신체 덕에 죽을 정도는 아니었다.

"사, 살았어. 이, 이봐요! 일격의 주먹님, 하, 하룬, 하룬!"

존대를 쓰려다 막바지엔 너무 놀라 대뜸 과거 친구였던 당시의 호칭이 터져 나왔다.

"으으으으윽! 아직, 아직이야아아아! 크아악! 제, 제 발, 조금만 더 버텨…… 크아아악!"

하룬은 바닥에 쓰러진 채로 몸을 잔뜩 웅크린 채 가슴을 쥐어짰다.

숨도 못 쉬는지 입까지 새파랗게 변해 아이샤의 얼굴까지 핼쑥해졌다.

"뭐, 뭐야. 왜 그래. 갑자기 왜 그러는……!"

"컹컹!"

"으윽! 여, 여긴 위험해! 조금만 참아! 신관에게 데려다 줄게!"

저 멀리 저택 입구에서 달려 나오는 언데드 울프를 본 아이샤는 다급히 하룬을 일으켜 자신 목에 팔을 걸었다.

하지만 워낙에 체격차가 나던 터라 거의 질질 끌다시

피 했다.

"……무리…… 너만이라도…… 피해……."

"싫어! 으읏! 하아, 하아. 겨우 다시 만났는데, 흡! 나도 네게 하고 싶은 말이 많단 말야!"

"……아이샤……."

그녀는 필사적으로 끌었다.

지금껏 전무하다시피 힘쓰는 일을 하지 않았던 귀족가의 영애가 자신보다도 큰 덩치의 남자를 안간힘 쓰며.

하지만 그 둘에겐 희망 따윈 없었다.

뒤에선 언데드 울프가, 그리고 눈앞에는 수많은 좀비들이 길을 막고 있었으니까.

"가, 가레스, 주아린 아주머니. 크흑! 저, 전부……."

천천히 다가오는 좀비들 모두 아는 사람들인지 아이샤는 손으로 입을 가리며 울었다.

하룬은 가물거리는 눈으로 그런 아이샤를 보다 안간힘을 써 자세를 바로 했다.

"하, 하룬?"

"하아, 하아. 내 뒤에…… 서 있어. 한 번이라면…… 마지막 한 번이라면……."

하룬은 휘청거리는 몸을 어찌어찌 가누며 오른손에 착용하고 있는 윈드 건틀렛을 들어 올렸다.

"부탁한다…… 마지막, 마지막 내 모든 것을 담아! 바람이여어어어!"

콰콰콰콰콰콰콰!

하룬이 외치자 건틀렛이 빛나더니 그를 중심으로 폭풍이 휘몰아쳤다.

그 바람의 폭풍은 눈앞에 보이던 좀비들은 물론이고, 바로 뒤까지 당도한 언데드 울프들까지 일거에 휩쓸어 버렸다.

아이샤는 하룬의 진정한 힘을 보고 입을 다물지 못했다.

이것이 전격의 공작을 이긴 바람의 힘.

털썩.

"하룬!"

경외해 마지않는 힘을 구경하던 아이샤는 하룬이 쓰러져서야 제정신을 차릴 수 있었다.

하룬은 마지막 남은 한 줌의 힘까지 소모한 건지 쓰러진 채 미동도 하지 않았다.

"조, 조금만 참아! 내가 무슨 수를 써서라도 널 구해……."

아이샤는 말을 끝까지 이을 수 없었다.

바로 눈앞에 무언가 커다란 눈이 자신을 바라보고 있었던 것이다.

얼굴 피부가 반쯤 벗겨져 붉은 혈관을 내보이고 있는 커다란 덩치의 언데드 오우거가, 근처에 널브러져 있던 시체를 으득으득 씹으며 아이샤를 주시하고 있었다.

오우거는 조금 전 하룬이 일으킨 소란 때문에 이끌리듯 당도했다.

작은 것을 처리하려다 더 큰 것을 불러낸 꼴이었다.

쿵. 쿵.

오우거가 한 걸음 앞으로 발을 내딛을 때마다 피웅덩이에 파문이 일었다.

그 모습에 아이샤는 기가 질려 자신도 모르게 뒷걸음질쳤다.

"우어어어어어어어어어어어어!"

뒤이어 내질러진 거대한 함성에 오줌을 지린 그녀는 그 자리에 주저앉았다.

도망가거나 피할 마음이 없어서 그런 게 아니다.

완전히 얼어 버려 발이 움직이지 않았을 뿐.

"……망쳐."

그런 그때, 기절한 줄 알았던 하룬이 언제 또 일어난 건지 아이샤 앞을 가로막았다.

곧 쓰러질 것처럼 연신 휘청거리고 있었지만.

"하……룬."

"어서…… 도망…… 쳐."

말도 잘 나오지 않는지 그의 목소린 잔뜩 잠겨 있었다.

아이샤는 그제야 하룬이 자기 대신 죽으려 한다는 걸

알아챌 수 있었다.

괜스레 눈물이 터져 나왔다.

어째서 이렇게까지 자신을 지켜 주려 하는 건가.

그의 형을 좋아한 덕에 자신을 증오했던 그가, 그래서 자신의 인생을 망가트렸던 그가.

어째서 죽음을 불사하는 건가.

"크워어어어어어어엉!"

오우거가 사람 몸통만 한 주먹을 내질렀다.

아이샤는 그 모습을 허망이 바라보았다.

그건 아이샤를 가로막고 서 있던 하룬 역시 마찬가지였다.

"드디어. 찾았다."

오우거의 일격이 두 사람을 짓뭉개기 직전, 금속이 갈리는 것 같이 잔뜩 쉰 목소리가 두 사람 귓가에 들렸다.

그와 동시에 어째선지 오우거의 주먹이 우뚝 멈춰 섰다.

"우어, 우어으어……."

정확히는 오우거의 주먹을 누군가가 가로막고 있었다.

온통 검은 복장을 하고 있는 남자였는데 단 한 손으로 오우거의 주먹을 가로막은 것이다.

"쉐도우…… 소드."

하룬은 눈앞이 잘 보이지도 않았지만, 목소리만으로도

지금 나타난 남자의 정체를 알아챌 수 있었다.

"많이. 힘들어. 보이는군."

"우어, 우어, 우어어어어어!"

"시끄럽다. 돼지."

오우거의 목소리가 거슬렸던 건지 쉐도우 소드는 폭발적으로 검은 오러를 발현시키더니 그 모든 걸 가로막은 손을 통해 오우거에게 주입시켜 버렸다.

"썩어 버려라."

그의 말대로 검은 오러가 오우거에게 주입되자 이미 썩었지만 그래도 형태를 유지하고 있던 오우거의 피부가 부글부글 끓더니 이내 녹아내리기 시작했다.

"우어으어어……."

마치 진흙이 되어 가는 느낌이라고 할까?

그 모습이 얼마나 혐오스러웠던지 아이샤는 황급히 입을 손으로 막았다.

"겨우. 이 정도에. 고난하고. 있었나."

"당신이…… 어째서…… 여기에……."

"부탁을. 받았다. 바그다인에게. 너를 데려오라고. 하나. 상태를 보니. 그게 중요하지. 않아 보이는군."

"……부탁이…… 있어요. 그녀를…… 부탁합니다."

하룬은 더 이상 서 있기도 힘든 건지 그 자리에 주저앉았다.

쉐도우 소드는 그런 하룬을 잠시 내려다보다 뒤쪽으로
고개를 돌렸다.

곧 그가 돌아본 방향에서 수많은 사람들이 보이기 시
작했다.

"역시 이 기운은 쉐도우 소드!"

"반갑군. 여명의 여제."

"당장 하룬에게서 떨어져라!"

일단의 무리 중에서도 가장 먼저 당도한 사람은 여명
의 여제였다.

그녀는 다가오기 무섭게 검을 뽑아 들며 쉐도우 소드
를 견제했다.

그녀는 여전히 쉐도우 소드를 믿고 있지 않았기에 보
이는 행동이었다.

쉐도우 소드는 그저 말없이 어깨를 으쓱이곤 한 걸음
옆으로 피해 주었다.

그제야 여제의 기세도 조금 누그러졌다.

"하룬! 괜찮으냐! 내 무리하지 말라 했거늘!"

여제가 하룬에게 다가가는 동시에 이스칸다 자작은 하
룬 옆에 있는 아이샤에게 달려갔다.

"아이샤!"

"아버님!"

"허, 이리도 참담하게…… 살아남아 다행이구나!"

"하룬이, 하룬이 구해 줬어요! 그가 아니었다면 저는, 저는……."

이제야 안심이 된 건지 아이샤의 눈에서 눈물이 펑펑 쏟아져 나왔다.

이스칸다 자작은 그런 딸을 꽉 안아 주었다.

"저택도 꼴이 말이 아니잖아."

"으어, 저 언데드 시체들과 이 죽처럼 변한 건 다 뭐람. 설마 이걸 전부 일격의 주먹 혼자서?"

"정말 여기서 농성이 가능할까?"

뒤늦게 당도한 사람들이 저택 안에 상황을 살펴보며 중얼거렸다.

그들이 그렇게 생각할 만도 했다. 지금 저택 안은 이미 언데드들이 휘저어 놔 저택 안은 물론이고, 울타리마저 군데군데 부셔져 있었으니까.

"울타리는 써먹기 힘들지만 저택 안은 써먹을 수 있을 거다. 어서 모두 저택 안으로 대피를……."

"그건. 불가능."

여제의 말이 끝나기도 전에 쉐도우 소드가 가로막았다.

여제가 의문을 담아 돌아보자 그는 저 멀리 서남쪽 방향을 가리켰다.

"이 본대와 비견되는. 언데드가. 저기에 또 있다."

"뭐, 뭐라고!"

"그, 그게 무슨 말입니까!"

경악한 이스칸다 자작이 되묻자 쉐도우 소드는 팔짱낀 채 좌절할 만한 소식을 재차 전해주었다.

"내가 온 곳이. 저곳. 여기에 있으면. 전멸한다."

"그, 그럴 수가!"

"안 돼! 어찌 이런 시련이!"

"도, 도망가야 해요! 지금 당장 북쪽으로 후퇴를……!"

"무리네. 도피할 식량도, 체력도 남아 있지 않아. 게다가 이곳을 포위한 언데드는 어찌 뚫을 거며 어린아이와 노인은 또 어찌할 텐가."

이스칸다 자작이 어깨를 축 늘어트린 채 고개를 저었다.

"그렇다고, 크윽! 이대로 주저앉아만 있을 순…… 없어요."

모두가 좌절해 있을 때 오직 한 남자만이 희망을 버리지 않았다.

하룬은 온 힘을 다해 일어나며 말을 이었다.

"포기하면…… 그걸로 끝이에요."

"하룬……."

"일격의 주먹……."

곧 쓰러져도 이상하지 않을 사람이 오히려 포기하지

않는 모습에 모두들 어떠한 항변도 할 수 없었다.

"그래, 하는 데까진 하는 수밖에 없겠지."

마음을 굳혔는지 여제가 손목 방어구를 정돈하며 말했다.

"재미있어질 것. 같군."

쉐도우 소드는 오히려 즐거운 듯 눈웃음 지었다.

대체 소드 마스터라 불리는 자들은 혼란이나 공포란 게 없는 건가.

그들의 모습을 지켜보던 모든 사람들이 기가 질려 생각했다.

"크윽! 정작 정신차려야 할 사람은 나이거늘."

"아버님?"

"병사들은 들어라! 우린 여기서 지원군이 당도할 때까지 항전한다! 어서 부셔진 저택 입구를 수리하고, 집안에 있는 가구들을 밖으로 가져와 엄폐물을 만들어라! 저택 안에 언데드가 남아 있을지 모르니 조심해야 한다!"

"네, 영주님!"

"저, 저도 도와드리겠습니다!"

"이럴 때 아니면 농부 나부랭이가 언제 힘을 써 보겠습니까! 저도 가겠습니다!"

자작이 본격적으로 마음을 굳히자 비로소 영지 사람들까지 소매를 걷어붙였다.

그렇게 이스칸다 자작 영지 최후의 항전은 막을 올렸다.

나는 윈덜트 가문의 명성을 지키기 위해 싸웠다.

약했지만, 내 가문에 누가 되지 않도록 필사적으로. 아무리 나를 미친개, 망나니라 불러도 수없이 결투를 신청하고 패배했다.

단지 나라는 존재는 그저 자존심을 굽힐 줄 모르는 사람에 불과했던 것 같다.

가진 게 없기에 프라이드만이 하늘로 치솟던 그런 흔한 남자.

사실 그녀가 나를 배신한 게 아니며 진심으로 나를 친구로 대해 줬다는 건 알고 있었다. 그럼에도 내가 흥분해 몹쓸 짓을 저질렀던 이유는…….

그저 내가 그녀를 사랑했기 때문이다.

이성적으론 거부했다.

한낱 변방 자작 가문의 여식과 대 윈덜트 가문의 나는 어울리지도 않았고, 만약 함께하게 된다면 나를 향하고 있던 안 좋은 소문들이 전부 그녀에게 돌아가게 될 테니까.

그래서 마음이 부셔지고 뭉그러져도 필사적으로 감춘 채 황녀를 좋아하는 척 연기했다.

하지만 감출 수 없었다.

감춰질 수 있을 턱이 없었다.

이럴 줄 알았더라면, 차라리 이렇게 될 바였다면 그냥 맘 편히 속마음을 털어놓는 건데.

사과하고 싶었다.

처음부터 끝가지 모든걸.

하지만 그런 용기는 이미 사라진 지 오래였다.

그래서 죽을 결심을 했다.

그리고 만약 다시 내게 다음 생이 주어진다면 그녀에게 사과하리라.

이번엔 그녀를 지켜 주리라 마음먹었다. 그리고…….

사랑하노라 말하겠다고 다짐했다.

고맙다.

나 대신 그녀를 지켜 주어서. 그녀를 살려 주어서.

용기 없어 앞으로 나서지 못한 나 대신 그녀에게 사과해 주어서.

비록 우리 둘은 말 한번 나눠 보지 않았지만 나는 너를 존중한다.

비록 얼굴 한번 보지 못한 사이지만 나는 너를 친구로 생각한다.

진심으로 고맙다, 성일.


"……하룬."

내가 얼마나 잠들어 있었을까.

꿈속에서 들려온 하룬의 마음 소리가 아직도 여운이 되어 머릿속에 감돌았다.

주르륵.

감정이 격했던 걸까.

눈가에서 눈물이 흘러내렸다.

청승맞아 다급히 닦으려 했지만, 몸도 천근만근 같아 손가락 하나도 움직일 수 없었다.

"우는…… 거예요?"

그런 내게 다가온 사람은 그가 사랑하는 여성, 아이샤였다.

그녀는 내가 쓰러진 직후부터 지금까지 간호했던 건지 익숙한 손놀림으로 손수건에 물을 적셔 내 눈물을 닦아 주었다.

"꿈을 꾸었어요."

"슬픈 꿈이었나 봐요."

"그렇죠, 하룬의 진심을 들은 꿈이었으니까요."

"네?"

그녀는 당연하겠지만 알아듣지 못해 고개를 갸웃했다.

"하룬은요…… 당신을…… 아니에요. 역시 그건 제가 할 말이 아니네요."

"지금 무슨 소리를……."

난 대답하는 대신 얼굴을 굳히고 창밖을 돌아보았다.

밖에는 한창 전투가 벌어지는지 수많은 사람들의 함성 소리가 들려오고 있었다.

"제가 얼마나 잠들어 있었죠?"

"꼬박 이틀이에요."

"……벌써 그렇게나, 크윽!"

"움직이지 마세요! 좀 더 안정을!"

"이러고 있을 때가 아니…… 으으윽!"

"아, 알았어요! 제가 부축할 테니까! 무리하지 마세요!"

난 조금 망설이다 고개 숙여 감사를 표하고 그녀의 어깨를 빌려 일어섰다.

"창밖, 창밖으로 가요."

내 부탁에 그녀는 힘겹게 나를 부축해 창가 쪽으로 이끌었다.

창밖에는 수없이 많은 언데드들이 저택 입구로 몰려들었고, 병사들과 주민들이 필사적으로 항전하고 있었다.

"하앗! 헉, 헉. 윳!"

"하아, 하아. 빈틈이 많군. 벌써. 지쳤나."

"흥, 네 도움 따윈 필요 없다! 핫!"

가장 선두에서 언데드를 유린하고 있는 두 소드 마스터.

이틀 동안 한숨도 쉬지 못했던 건지 멀리서 보기에도 상당히 지쳐 있다는 걸 알 수 있었다.

언데드 중에는 거대 괴수로 분류되는 언데드도 몇몇 있었는데, 여기저기 그 괴수의 시체가 널려 있는 것 보면 저 둘이 지금까지 막아 내 주고 있었던 것 같다.

"으윽, 화살이, 다 떨어졌습니다."

"기름도, 더 이상 태울 것도 없습니다!"

"하아, 하아. 모두 지쳤습니다. 모두 휴식이 필요합니다."

"부, 부상자가 언데드로 변합니다! 어서 결단을!"

여기저기 절망적인 목소리가 터져 나오고 있었다.

만약 사라와 쉐도우 소드가 아니었다면 진작 이 항전 의지는 무너졌을 것이다.

"크어어어어어어엉!"

"그르르르르르르!"

"서, 서쪽 방향! 대, 대규모 언데드가 더 몰려옵니다!"

한 병사 외침에 아슬아슬한 줄다리기를 벌이던 병사들의 검이 우뚝 멈췄다.

난 지금 이 순간 사기가 급속도로 추락하기 시작한 걸 느낄 수 있었다.

"여기서 더라니……."

"이걸 무슨 수로 막는단 말인가."

"신은 우릴 버렸단 말인가……."

"크윽! 멈추지 마라! 좌절하면 그 모든 게 끝이다! 부관! 지원군을 맞이하러 간 정찰병은 어찌 되었나!"

"아직, 으흑! 아직 소식 없습니다!"

부관이 눈물을 터트리며 대답했다.

하나 이스칸다 자작은 좌절하지 않고 오히려 검을 더 치켜들었다.

"어차피 우리에게 뒤는 없다! 죽을 때까지 싸워라! 먼 훗날 우리들의 이름이 전 세계에 전해질 때까지!"

"우으, 우아아아아아아아아!"

"다 죽여 버려어어어!"

단지 지휘관이 한마디 했을 뿐인데, 급속도로 추락하던 사기가 다시 하늘 끝까지 치솟았다.

아이샤는 감정이 복받치는지 손으로 입을 막았다.

"나가야…… 해요."

"으흑! 그 몸으로 어딜 간다는 거예요."

"그녀가…… 절 기다려요. 적어도 죽는다면…… 그녀의 곁에서가 좋을 거 같아요."

난 미안한 얼굴로 아이샤를 바라보며 말했다.

"……운명이란 참 불공평해요. 이제야 하룬을 마주 볼 용기가 생겼는데, 당신은 이미 마음속에 다른 분을 보고 계시잖아요."

그녀는 눈물을 감추듯 고개를 푹 숙인 채 말했다.

불공평한 운명이라. 그 말이 맞는 걸지도 몰라. 하지

만……

"그렇기에…… 운명이 바뀌도록 도전할 수 있는 거잖아요."

"하룬……."

"만약 이 지옥에서 빠져나가…… 다시 한 번 살 수 있는 기회가 주어진다면…… 지금 했던 그 말, 다시 하룬에게 해 주세요. 그는 분명…… 당신에게 미소지어 줄 겁니다."

난 그렇게 말을 마치고 창문을 열었다.

마음을 완전히 정리하니 피냄새 섞인 공기조차 상쾌하게 느껴졌다.

죄송합니다, 어머니, 지현아……

나는 아무래도 돌아가지 못할 것 같아.

"혁, 혁. 큭, 이야앗! 어디 날, 혁, 혁. 멈추게 해 보거라! 절대로…… 하룬에게 가게 만들지 않겠……!"

"크어어어엉!"

"여제! 위험……!"

돼지처럼 생긴 얼굴의 언데드 몬스터 한 마리가 커다란 도끼로 여제의 머리를 내려찍으려 하는 순간, 내 라이트 주먹이 먼저 닿았다. 단지 그렇게 여제의 운명을 바꾼 것에 불과한데도 나는 온몸에 전격을 맞은 것처럼 저릿저릿함을 느꼈다.

"크아아아아악!"

"하, 하룬!"

"으윽, 으으윽! 헉, 헉. 미안해요…… 늦었죠?"

"하룬……."

"일격의 주먹……."

내가 나타나자 모두들 측은한 눈으로 나를 바라보았다.

그 정도로 지금 내 상태가 말이 아니라는 거겠지.

힘겹게 주위를 둘러보니 여제, 쉐도우 소드는 물론이고, 내 뒤에 안간힘을 쓰며 서 있는 병사 모두들 운명의 실이 흰색을 띠고 있었다.

그런가, 여기 있는 모두가 전멸하는 게 정해진 운명이라는 건가?

"하하!"

웃음이 나왔다.

운명은 우리더러 죽으란다.

살고자 하는 의지를 꺾어 버리고 언데드 무리에 휩쓸려 죽으란다.

이걸 어찌 이해하고 납득하란 말인가.

"크르ㅇㅇㅇㅇㅇ."

"캬아아아아아!"

정면엔 죽은 시체들이 어슬렁거리며 다가왔고, 하늘은 수많은 언데드 새가 길게 울부짖으며 날아왔다.

하늘도, 지상도, 심지어 땅속도 전부 언데드.

도망갈 빈틈 따위 없고, 살아갈 희망 따위도 없었다.

그럼에도 난 한 발 앞으로 내딛었다.

"그래서 어쩌라고. 운명이 정해졌으니 이제 수긍하고 죽으라고? 내 영혼이 부셔질 테니 더 이상 운명을 뒤틀 지 말라고?"

난 책망 어린 얼굴로 하늘을 올려다보았다.

"웃기지 마. 어째서 신이 우리의 운명을 정하는 건데. 어째서 우리의 삶을 당신네들이 정하는 건데!"

그리고 윈드 건틀렛을 하늘 높이 치켜들었다.

"끝까지 거부하겠어! 설령! 내 영혼이 갈가리 찢겨진 다 할지라도 나는!"

이번엔 오러를 일깨웠다.

그 오러를 전부 윈드 건틀렛에 쏟아부으며.

"운명을 바꾸겠다아아아!"

정면을 향해, 눈앞에 있는 신에게 라이트 스트레이트 를 먹이듯 힘차게 내질렀다.

콰콰콰콰콰콰콰콰!

바람의 오러로 만든 오러탄은 평소 모든 것을 꿰뚫던 오러탄이 아닌, 토네이도처럼 내 주먹을 중심으로 전방을 향해 넓게 퍼져 나갔다.

그 도중에 걸린 돌더미나 집채, 언데드들까지 한꺼번

에 휩쓸었다.

단지 그것만으로 내 전방은 휑하니 아무것도 남아 있지 않았지만 난 이 정도로 멈출 생각이 없었다.

"으아아아아아아아아아!"

이 연속, 삼 연속, 사 연속, 속사포처럼 마구잡이로 주먹을 휘둘렀다.

영혼이 찢겨져 정신이 아득해짐에도, 입과 눈과 귀에서 피가 흘러나와도, 심장이 깨질 것 같이 아파 와도.

나는 멈추지 않았다.

앞으로 날려 보낸 토네이도는 내 마음을 대변하듯 근처에 있던, 저주 같은 운명까지 모든 것을 휩쓸어 버렸다.

"헉, 헉, 헉."

"대, 대단해……."

"그 많은 언데드를 전부……."

완전히 초토화된 전방.

모두들 내 모습에 입을 다물지 못했지만 여전히 희망 따위는 없었다.

쓸어버린 빈 공간에 꾸역꾸역 다시 언데드가 들어차기 시작했으니까.

"아직, 아직 멀었어……!"

두쿵!

드디어 찾아올 게 온 건지 갑자기 숨이 쉬어지지 않았다.

나는 감각적으로 알 수 있었다.

지금 내가 한계를 넘어섰다는 것을.

버티고 서 있을 힘조차 생기지 않아 난 그 자리에 무릎 꿇었다.

세상이 어둡게 변한다. 아직, 언데드가 남아 있는데 이런 상황에서 쓰러질 순 없……

"그만…… 하거라."

엎어지려는 나를 누군가가 부축해 주었다.

단단하지만 얇은 팔. 눈가엔 살랑거리는 금발머리가 언뜻 보인다.

"사…… 라."

그녀를 부르며 올려다보니 그녀는 놀랍게도 울고 있었다.

그 호수 같은 푸른 눈동자가 촉촉이 젖어 있었다.

그녀는 격정을 참을 수 없는지 갑자기 날 꽉 안았다.

난 그녀의 어깨가 심히 떨리는 걸 보고 감정을 추론할 수 있었다.

"다행…… 이에요. 마지막으로…… 당신을 볼 수…… 있어서."

심장이 멈춰 버린 건지 자꾸 숨이 쉬어지지 않았다.

그래도 필사적으로 한 줌 남아 있는 공기를 토해 내며 미소 지었다.

그녀는 말없이 날 꽉 껴안은 채 놓아 주지 않았다.

벌써 다시 몰려든 언데드들이 나와 그녀를 잡아먹으려 하는데도.

"나도…… 나도…… 다행이구나. 마지막은…… 너와 함께여서."

울먹이는 목소리를 들어서야 난 알 수 있었다.

그녀도 이 자리에서 나와 함께 생을 마감하려 한다는 것을.

그러지 말라고, 당신은 살아야 한다고 말하고 싶은데, 말은커녕 입술도 움직여지지 않았다.

죄송합니다, 이젠 무리 같아요.

"크어어어어엉!"

"위, 위험……!"

[도저히 못 봐 주겠구나.]

언데드들이 나와 여제를 덮치려는 그때, 어린 소녀의 짜증 어린 목소리가 들려왔다.

그 목소리를 나 말고도 모두 들은 건지 병사들도 주위를 두리번거렸다.

"저, 저기다!"

"뭐, 뭐야!"

한 병사가 하늘을 가리켰다.

그와 동시에 태양이 구름 속에 가려진 것처럼 저택 전

체에 그늘이 졌다.

하나 그 정체는 구름이 아니었다. 구름만 한 크기의…… 드래곤이었다.

터엉!

날카로운 턱, 길게 뻗은 뿔, 그리고 붉은 비늘로 가득한 유연한 곡선 몸체의 드래곤이 저택 지붕 위에 내려앉아 피막 날개를 털었다.

그 모습이 어찌나 아름다운지 어느 누구도 입을 다물지 못했다.

"드, 드, 드래곤이다!"

"레, 레드 드래곤이야."

"어, 어째서 이런 재앙이……."

드래곤이 나타난 순간 작은 희망조차 사라진 건지 그나마 들고 있던 병장기를 바닥에 떨어트렸다.

[그렇게 운명을 뒤틀지 말라 했거늘. 내 그리 설명했거늘. 어찌 인간이란 존재는 이리도 무지하단 말인가.]

설마…… 카르세티리아?

[바보 같이 너나 기석이나, 인간이나, 이계인이나! 하나같이 머리에 든 게 없어! 평소엔 그렇게나 잘 돌아가는 머리가 어찌 이럴 땐 다 바보가 되는 거냐!]

"크르ㅇㅇㅇㅇㅇㅇ."

"캬우우우우우!"

[시끄럽다!]

콰르르르르르!

카르세티리아가 울부짖자 저택이 그녀가 내딛고 서 있던 저택이 우르르 무너져 내렸다.

동시에 어떠한 공포도, 생각도 없는 언데드들이 어째선지 전부 일시에 멈춰 섰다.

대, 대단해. 그런데 혹시…… 화난 건가?

[그래, 화났다! 이 감정 너무 오랜만이라 전 세계 인간들 전부 죽여 버리고 싶어지는구나!]

카르세티리아는 내 생각을 읽은 건지 곧바로 답해 주었다.

[그리고 신이란 족자들에게도 화났다! 특히 베티! 이미 전부 보고 있는 것 다 알고 있다! 그런데 어찌 방관만 하고 있을 테냐! 좋다, 네가 세상을 못 본 척 한다면 내가 손수 세상을 멸망시켜 주리라!]

그녀는 입에 담기도 무서운 말을 쏟아 내더니 갑자기 크게 숨을 들이마셨다.

서, 서, 설마!

"아, 아, 안돼! 브, 브레스다!"

"드래곤 브레스다! 도, 도망쳐!"

[캬우우우우우우우우우우!]

그녀의 입에서 불꽃이 터져 나왔다.

그 불꽃은 마치 화염 방사기처럼 터져 나가 저택 밖 수만 마리의 언데드와 언덕 너머 산봉우리까지 전부 태워 버렸다.

"······."

"······."

단 한 번의 브레스였다.

그 단 한 번에 브레스가 수만 마리의 언데드와 산을 불태워 버린 것이다.

그렇게 처참한 상황을 만들었음에도 그녀는 아랑곳 않고 다시 숨을 들이마셨다.

이번에 그녀가 향한 곳은 언데드가 있는 쪽이 아니라 우리 인간들이 있는 북쪽을 향하고 있었다.

[저 인간이 네게 대체 무엇이기에 광룡의 길을 가려 하는가, 카르세티리아.]

다시 브레스를 내뿜으려는 그때, 귓가가 찢어질 것 같은 공명이 머릿속에 울려 퍼졌다.

신기하게도 공명 소리가 남자인지 여자인지는 구별되지 않았다.

[흥, 드디어 강림하셨나. 너는 누구냐! 베티는 어디 있지?]

[신이란 세상 만물을 굽어살피며 중립을 유지하는 자. 그리고 세상의 균형을 바로 하는 자. 내가 그 근원이자

태양.]

[누트인가?]

[그렇다. 내가 만물의 어머니이며 아버지. 용의 근원에게 묻겠다. 어찌 지상의 대행자라 불리는 만물의 조화가 세상을 멸망시키려 하는가.]

[그건 누트 당신이 더 잘 알 텐데?]

[우리는 중립을 유지하는 자. 곧 신이 될 용의 근원이라면 그 뜻을 알고 있을 터.]

[그래서 너희 신들의 실수로 만들어진 저 아이의 자질을 못 본 척하고 없애 버리겠다는 뜻이더냐!]

[……]

카르세티리아 질문에 대한 답변은 바로 들려오지 않았다.

[수긍. 하나, 그럼에도 세상의 균형은 유지되어야 한다.]

[그 균형이란 것이 대체 무엇이더냐. 눈 가리고 혼돈을 없애 버리는 게 균형이더냐. 그것이 질서더냐! 너희 신들은 기석과 똑같은 실수를 다시 저질렀다. 대체 언제까지 같은 실수를 반복할 텐가!]

[그때와는 상황이 다르다. 저 인간은 자신의 손으로 균형을 어지럽혔다. 그 합당한 죄를 물어…….]

[누가 누구에게 죄를 묻고 처벌하는가! 신이란 만물을

끌어안는 자! 너희가 만든 만물이 죄를 지었다면 그의 어머니인 너희들이 죗값을 치러야 하지 않겠는가!]

카르세티리아가 유창하게 반박했다.

우리들은 신과 드래곤의 말싸움을 그저 숨죽인 채 엿듣기만 했다.

[하하, 하하하하하하!]

긴장이 최고조로 달하는 그때, 온 힘을 다해 웃는 또 다른 공명음이 전해져 왔다.

[당신이 졌어요, 누트. 카르세티리아, 역시 당신의 언변은 누구도 이길 수 없군요.]

[베티! 너무 늦었다!]

[죄송해요, 입장이 있는 터라. 하나 이제 정리했어요. 지금 내려갑니다.]

콰릉!

공명음이 끝나기 무섭게 마른 하늘에 벼락이 한줄기 떨어지더니 누군가 우리 앞에 서 있었다.

온통 새하얗다.

분명 눈앞에 서 있었음에도 그저 빛처럼 새하얗게 보이기만 했다. 모두들 눈을 가늘게 뜨고 하얀 무언가를 보려 애쓰는 거 보면 그렇게 보이는 건 나만이 아니었던 모양이다.

[영혼을 관장하는 하계의 아데스여. 그의 찢겨진 영혼

을 돌려주세요.]

그 하얀 무언가가 중얼거리자 금방이라도 쓰러질 것 같았던 내 몸에 갑자기 활력이 돌아왔다.

"아픔이…… 사라졌어?"

내가 놀라 하는 사이 그 흰 무언가가 내게 다가왔다.

아니, 그렇게 느껴졌다.

[수없이 다차원계를 넘나들며 균형을 어지럽힌 인간, 이성일. 당신이 저지른 일로 1억 3천만 개의 평행 세계가 무너졌습니다. 하나 그 모든 건 카르세티리아 말대로 자질을 준 우리에게 잘못이 있습니다.]

[그런…….]

[모두 입 다무세요. 더 이상 언변은 허락지 않습니다.]

그 흰 무언가가 당당히 말하자 머릿속에 울리던 다른 공명음들이 완전히 사라져 버렸다.

[카르세티리아, 당신도 용의 형상을 푸세요. 광룡이 된다면 저와의 연도 사라져 버립니다.]

[흥.]

흰 무언가의 부탁에 카르세티리아도 순순히 본래 소녀의 모습으로 되돌아왔다.

[줄곧 그대의 모습을 관찰했습니다. 그리고 운명을 바꾸려 하는 굳은 의지도 확실히 전해 받았습니다. 그래서 하나 묻겠습니다. 그대가 바라는 이상향은 무엇입니까.]

그 질문에 난 옆에 있는 여제를 바라보았다.

그리고 나를 향하고 있는 모든 사람들을 바라보았다.

"모두 죽지 않았으면 좋겠어요. 사라도, 쉐도우 소드도, 아이샤도 전부 살아서 웃었으면 좋겠어요. 이기적이지만 그런 행복을 추구하려 하는 게 잘못인가요?"

[아뇨, 그건 모두가 원하는 하나의 본능입니다. 좋습니다, 그대가 바라는 운명은 이루어졌습니다.]

그녀는 대뜸 운명이 이루어졌다고 말했다.

그러자 놀랍게도 말이 떨어지기 무섭게 바닥에 마법진이 생겨나더니 이내 아버지, 형님, 누님과 이세트, 그리고 수많은 병사들과 기사들이 워프해 오기 시작했다.

"어디냐! 이곳에 여제와 하룬이 있다는 소식을 들었다!"

"아버지…… 형님, 누님!"

"하룬! 너 이 녀석!"

"오라버니!"

아버지와 형님, 그리고 이세트가 내게 달려왔다.

나 역시 그들에게 달려가려 했다. 헌데 그건 이루어지지 않았다.

팟.

시간이 멈췄다.

아버지도, 형님도, 이세트마저 달려오던 그대로 멈춰

버렸다.

덕분에 내가 놀라하고 있는 사이, 그 흰 무언가가 다시 내게 다가왔다.

[하나, 그대는 선택해야 합니다.]

"선택…… 이요?"

[운명을 바꾸는 자질, 다신 운명이 뒤틀리지 않도록 중립자의 뜻을 어기고 제가 거둬 갈 겁니다. 그러니 선택하셔야 합니다. 과거 기석이 그랬듯이…… 이곳에 남을 것인지, 본래 세계로 돌아갈 것인지. 어떤 선택이든 저는 당신을 존중합니다. 그대가 바라는 이상향의 평행 세계로 인도하겠습니다.]

난 그 선택 사항이 숨이 턱하고 막혔다.

그래, 이 문제가 남아 있었다. 그냥 유야무야 넘길 문제가 아닌 것이다.

"저, 저는, 저는……."

"무엇을 망설이느냐."

그때 내 뒤에서 여제의 목소리가 들려왔다.

그녀는 신의 배려로 시간이 멈추지 않았던 건지 나를 똑바로 바라보고 있었다.

"네가 선택할 것은 이미 정해져 있다. 네가 태어났던 곳으로, 네 가족이 있는 곳으로 돌아가거라."

"하, 하지만! 그렇게 되면 당신을, 사라 당신을 만날 수 없게 되잖아요!"

내 절규 어린 외침에 그녀는 웃어 주었다.

더없이 행복하다는 듯이, 아름답게.

"하룬, 전에 내가 하고 싶은 말이 있다고 했었지?"

그녀는 내게 다가와 살며시 내 손을 잡으며 말했다.

그녀의 손은 그 어느 때보다도 따듯하며 부드러웠다.

하지만 그 안엔 작은 떨림이 느껴졌다.

그녀의 얼굴이 상당히 일그러졌다. 다시금 보이는 작은 눈물.

그녀는 그러면서도 미소 지으며 말했다.

"나는…… 너를 싫어한다."

울컥, 내 눈에서도 눈물이 쏟아졌다.

그런 말을, 그런 말을 이제 와서 한들……!

[그런가, 그런 선택인가.]

흰 무언가는 결정한 내 마음을 읽은 건지 수긍하고선 내게 조금 떨어졌다.

그러자 내 눈에 보이던 운명의 실들이 천천히 사라지기 시작했다.

가슴이 아프다.

그 무엇을 선택해도 이 아림은 멈추지 않겠지.

"울지 마요."

난 쓰디쓴 미소를 지어 보이며 여제 눈가에 떨어지는

눈물을 닦아 주었다.

"더 이상 사라가 우는 건 보고 싶지 않아요. 언제나 강한, 언제나 냉정한 모습으로 남아 있기를 바라요."

그 말은 진심이다.

정말 나는 그녀가 우는 건 이제 보고 싶지 않다. 내가 동경하던, 내가 추구하던 강함에 본보기가 되는 스승이니까.

"너야말로 울지 말거라. 남자가 그리 울어서야 되겠느냐."

"크윽, 저는 그저 눈에 뭐가 들어가서 그런 거예요."

난 다급히 눈가를 문질렀다.

그녀는 그런 나를 한없이 따스한 미소로 바라보았고.

"저요, 사라한테 한 가지 하고 싶은 게 있어요."

"이제 와서 무얼 망설이느냐."

"망설일 만한 거예요."

그녀는 내 말이 이해가 안 되는지 눈썹을 살짝 찡그렸다.

난 싱긋 웃으며 궁금해하는 그녀에게 뛰어들었다. 그리고.

그녀의 작은 입술에 내 입술을 포갰다.

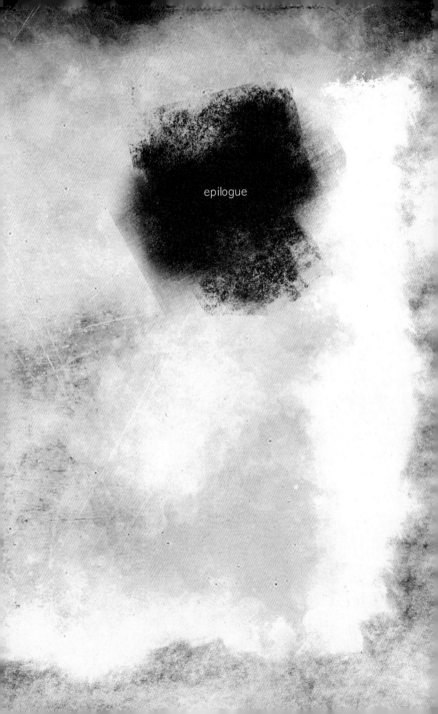

epilogue

"그러니까 이번 사항에 대해서…….."

"흠, 그 안건은 총관과 함께 상의를…….."

"아버지, 부르셨어요?"

똑똑 방문을 두드리고 안으로 들어온 하룬.

한창 문서를 들고 얘기를 주고받던 에스다와 바그다인은 동시에 하룬을 돌아보았다.

"하룬, 왔냐."

"왔느냐."

"저기…… 무슨 일로 부르셨죠?"

"그야 당연히 이번 안건에 대해 부른 게 아니겠느냐. 너도 이제 나이가 찼으니 어서 배필을 찾아야 할 게 아니겠느냐."

바그다인의 재촉에 하룬은 쓴웃음을 지었다.

"저기, 그건 일단 형님부터 결혼하고……."

"걱정 말거라. 난 이미 정해 두었다. 그러니 네 걱정이나 하거라."

일말의 도피로도 만들지 않겠다는 건지 확연한 의지로 말하는 에스다.

하룬의 이마에선 송글송글 땀방울이 맺혔다.

"영주님! 아, 에스다 도련님, 하룬 도련님도 계셨습니까."

"음, 총관. 무슨 일인가. 그리 급히 찾아오고."

"저, 그게, 지금 황제 폐하께서 워프마법진을 타고 오셨습니다."

"뭐, 뭐라고?"

하도 황당한지 바그다인의 얼굴이 기묘하게 일그러졌다.

순간 하룬은 지금이 기회라고 생각해 손을 치켜들었다.

"제가 가 볼게요!"

"뭐, 하, 하룬!"

하룬은 나 살려라 쏜살같이 집무실을 빠져나와 워프마법진이 설치되어 있는 중앙 홀로 달렸다.

저 멀리서 자신을 부르는 에스다와 바그다인의 목소리

가 들려왔지만, 못 들은 체하기로 했다.

"후아, 아무리 그래도 그렇지 갑자기 그런 말을 하면 곤란하잖……."

"하룬! 놀러 왔다!"

"하룬 나 왔어!"

"우왁! 제스필드 폐하? 아샤까지?"

"잠깐, 뭐야. 아샤는 애칭이고, 왜 나는 폐하인데?"

"어린애처럼 볼 부풀리는 건 그만둬 주시죠. 그보다 갑자기 무슨 일이십니까? 공식 행사에만 사용되는 워프 포탈진까지 이용하시고."

"커흠, 그야 놀러 왔지. 대관신료들이 얼마나 일거리를 쌓아 놨던지 숨도 쉴 수 없었다니까."

"아하, 그러니까 농땡이 피우려고 공식 행사에 사용되는 워프 포탈진을 사적으로 이용해 도망쳤다 이 말이군요?"

"홋, 공식이든 사적이든 알게 뭐야. 내가 사용하면 그게 다 공식인 거야."

"그거 권력 남용이라 생각됩니다만."

"어때, 멋지지? 부러우면 하룬 너도 황제하라고."

하룬은 더 이상 말이 안 통한다고 생각해 고개를 설레설레 저었다.

"아, 맞다. 아샤, 축하드려요."

"어머, 소식이 벌써 여기까지 전해졌어?"

"그럼요, 그 소식을 듣고 얼마나 기뻤는데요."

"고마워, 오슬러도 너를 많이 보고 싶어 해. 언제 한번 나랑 다시 프리펄츠 왕국으로 가자."

"일이 정리되면요."

"꼭이야, 약속이다?"

아나스타샤는 확고히 약속을 받아 낼 심산인지 손가락까지 내밀었다.

과거 아나스타샤 황녀와 함께 프리펄츠 왕국으로 갔던 그날, 하룬이 명예의 전당을 조사할 때 그녀는 프리펄츠 왕과 혼인에 대해 심도 있는 대화를 나누었다.

그 일을 계기로 정식 혼약이 결정되었고, 앞으로 세 달 후, 결혼식이 거행될 예정이었다.

"자자, 그 이야기는 나중에 차차 진행하고, 오늘은 하룬 네게 소개시켜 줄 사람이 있어서 찾아왔어."

"소개…… 요?"

"뭐합니까, 형님. 그렇게 보고 싶다고 하지 않았던가요."

제스필드가 저 뒤 어느 한 기둥을 돌아보며 말했다.

그러자 기둥 뒤에서 작은 인기척이 느껴졌다.

"커흠, 언제 내가 보고 싶다고 했더냐. 말은 바로 하거라."

"어, 어라? 서, 설마 이그스타인 황자님?"

"오랜만이군, 하룬 러셀 윈덜트."

"뭐에요, 그 딱딱한 말투는. 언제는 제발 소원이라며 소개시켜 달라고 떼쓸 땐 언제고."

"떼쓴 적 없다! 부탁하지도 않았고! 나는 단지……."

"단지?"

"됐다, 가겠다."

이그스타인 황자는 얼굴을 붉힌 채 획 뒤돌아 문밖을 향해 성큼성큼 걸어갔다.

"저는 하고 싶은 말이 많습니다만, 이그 황자님."

그런 그를 말린 건 제스필드가 아니라 금발의 덩치 큰 남자, 전격의 공작 마틴 드 웨슬리였다.

"저, 저, 전격의 공작?"

"다시 보는군, 일격의 주먹. 자네를 보니 그때 맞아 부셔진 턱뼈가 다시 아리는군."

전격의 공작은 진심으로 하는 말인지 자신의 턱을 매만지며 말했다.

하룬은 난감하다 못해 공포까지 엄습한 건지 연신 식은땀을 흘렸다.

"그때는…… 부득이 하게 죄송합니다."

"흥, 이제 그런 나약한 연기에 속지 않는다. 언제 한 번 다시 대련하자. 그때는 기필코 명예를 되찾는다."

하룬은 속마음으로 이젠 죽어도 저 남자완 싸우지 않으리라 깊게 다짐했다.

"제스! 뭐하느냐! 마카로니 제국의 황제로서 무엇이 순서인지 잊은 거냐! 타 영지에 왔으면 응당 영지의 주인에게 먼저 인사하는 게 도리……."

"네네, 알고 있습니다요. 정말이지 내가 황제인데 말이지."

"제스!"

"간다니까요! 아샤, 가자. 그럼 하룬, 나중에 보자."

하룬은 참으로 뭐라 할 말이 없어 그저 어색하게 웃어 주었다.

그렇게 하나의 폭풍이 쑥 빠지자 겨우 여유를 되찾은 하룬은 조심스럽게 마법 연공실로 이동했다.

마법 연공실엔 이세트와 그녀에게 가르침을 내리고 있던 소피아가 있었는데, 그 둘은 하룬이 다가오기 무섭게 기척을 느낀 건지 문 입구를 돌아보았다.

"여, 하룬!"

"오라버니!"

"저 왔어요, 누님. 이세트, 잘하고 있었어?"

"네! 6서클 마법은 정말 무궁무진해요! 밤새도록 공부해도 턱없이 모자르다니까요."

이세트는 지금 마법 공부가 무척 즐거운지 더없이 행

복한 미소를 지으며 말했다.

윈덜트가에서 최근 가장 많이 진척을 보인 사람은 바로 이세트였다.

5서클에 입문한 지가 언제라고 벌써 6서클 유저라니.

하룬은 그 천재성과 재능에 혀를 내두를 정도였다.

"무슨 공부하고 있었는데?"

"원소 조합에 관한 것이에요. 보통 불과 바람의 상승 효과와 증폭에 관해선데……."

"아아, 그거 꽤나 어렵지. 마법 입문서에도 나와 있는 거잖아. 불과 흙의 상승 효과도 배웠겠네?"

"그럼요! 안 그래도 그 효과에 대해서 질문하다…… 어, 어라? 어쩐지 오라버니와 마법에 관해 얘기 나누는 건 처음인 것 같네요."

하룬은 자신도 모르게 움찔, 몸을 떨었다.

"하, 하하. 그, 그랬던가?"

"자자, 마법 얘긴 그만. 쉴 땐 쉬어야지. 하룬, 그런데 이곳은 어쩐 일이야?"

"아, 그냥 이세트가 보고 싶어서 찾아왔어요."

"이세트만?"

'그야 누님도 보고 싶었죠' 란 말은 도저히 나오지 않아 하룬은 그저 슬쩍 시선을 피했다.

"아참, 누님, 이번에 이세트랑 여행 떠나신다면서요?"

"응? 아아, 그럴 생각이야. 예전에 약속했었거든. 이제 이세트도 어린아이가 아니니까 잘됐지."

"아버지가 허락해 줬어요?"

"말도 마라. 그거 허락받으려고 며칠을 고생했는데. 아니, 아무리 그래도 그렇지. 밖은 위험하다고? 6서클이 유저가? 무슨 세상 사람들이 다 드래곤인 줄 아나."

"킥킥! 그래도 허락은 해 줬군요?"

"하여간 그놈의 팔불출. 내가 딱 붙어 다닌다는 각서까지 쓰고 겨우 허락받았다니까?"

"그래도 잘됐네요. 좋겠네, 이세트."

"저기…… 오라버니도 같이 가면 안 돼요?"

"나?"

갑작스런 권유에 하룬은 눈을 끔뻑거렸다.

"그래, 이참에 같이 가자. 네게 소개시켜 주고 싶은 동료들도 있어."

"어, 잠깐만요 그렇게 성급하게……."

"싫어?"

"아니, 그런 건 아니지만……."

하룬이 망설이자 이세트가 쪼르르 다가와 하룬의 옷자락을 쥐며 올려다보았다.

하룬은 그 초롱초롱 눈매 공격에 몸이 딱하고 굳어 버렸다.

"오라버니 가요. 네? 가면 안 되나요?"

"으으, 잠깐 그건 반칙이잖아. 하아, 알았어. 갈게. 그러니까 윽! 그런 표정으로 날 바라보지 말아 줘."

"정말요? 정말이죠?"

"단, 내 일이 전부 끝나면. 조금 늦어질 것 같은데 괜찮아?"

"그럼요! 괜찮죠, 언니?"

"물론이지. 좋아, 하룬도 간단 말이지? 믿음직한 소드마스터도 오겠다, 그럼 이번엔 좀 하드하게 미지의 산맥으로 가 볼까?"

"자, 잠깐만요, 누님! 그건 정말 위험하잖아요!"

하룬이 다급히 말렸지만, 아무래도 이미 늦은 것 같았다.

"그나저나 아까 린이 널 찾던데. 무슨 약속이라도 했었어?"

"아, 맞다! 오늘은 꼭 같이 티타임 갖자고 했었는데! 미안해요, 먼저 가 볼게요!"

하룬은 후다닥 마법 연공실을 빠져나와 저택 밖으로 나갔다.

"응? 하룬 도련님! 어딜 그리 급히 가십니까!"

저 멀리 정원에 이세트가 가장 좋아하는 정원사 멤벌트와 폰 에버슨이 보였다.

"엇! 폰 스승님! 멤벌트 할아버지도 계시네요?"

언제부터인가 저 둘은 부쩍 친해져 자주 정원에서 담소를 나누는 걸 볼 수 있었는지라 그리 특이한 모습은 아니었다.

"안녕하십니까, 하룬 도련님."

"어허, 윈덜트가의 후계자가 저리 청승맞게 뛰어서야. 쯧쯧, 제 가르침이 아직 많이 모자랐던 모양이로군요."

"아하하하. 죄송합니다. 지금 많이 급해서요! 그럼!"

"하룬 도련님!"

윽박지르는 폰 스승님의 외침이 들려왔지만 하룬은 역시 못 들은 체했다.

그렇게 정원을 지나 언덕 위에 있는 프런치 나무가 있는 곳에 도착하자 그곳엔 이미 린과 그녀의 종자 라니, 그리고 놀랍게도 묘족 마오와 여명의 여제 사라 아이리네 클라인드까지 자리하고 있었다.

"사라? 마오? 아니, 모두들 여긴 어찌?"

"성일 님!"

여제는 하룬을 한 번 슬쩍 보더니 이내 찻잔으로 시선을 내렸지만 마오는 역시나 후다닥 달려와 하룬 가슴팍에 푹 안겨 들었다.

"우왁! 마, 마오! 자, 잠깐!"

"요새 통 시간도 안 내주시고! 심심해 죽는 줄 알았어요!"

"아, 알았다니깐! 그러니까 이것 좀 놓고⋯⋯."

"바람둥이."

"천성이로구나."

아주 작게 린과 여제의 목소리가 하룬의 가슴팍을 푹 하고 찔렀다.

"응당. 남자란. 그러한 법."

"쉐도우 소드⋯⋯ 당신도 있었나요?"

하룬은 뒤늦게 프런치 나뭇가지 위에 걸터앉아 있는 쉐도우 소드의 모습을 찾을 수 있었다.

"그런데 당신은 왜 거기에 있나요? 내려오세요, 같이 차를⋯⋯."

"거절한다. 저건. 독약이다."

쉐도우 소드는 진심으로 딱 부러지게 말했다.

하룬이 그 말뜻을 이해할 수 없어 의아해하자 조용히 차를 마시던 여제가 코웃음 쳤다.

"흥, 이래서 차 맛도 모르는 어쌔신이란."

"저기⋯⋯ 제가 보기엔 사라 언니가⋯⋯."

"마오도 그건 도저히 마시지 못하겠던데⋯⋯."

린과 마오의 중얼거림을 듣고 나서야 하룬은 이해했다.

그리고 속으로 생각했다.

쉐도우 소드 말마따나 저건 설탕으로 만든 독약이라고.

"하룬 님, 여기 앉으세요. 차를 준비하겠습니다."

"고마워, 라니. 그런데 혹시나 해서 묻는 건데……."

"걱정 마세요. 여제님 껀 따로 준비하고 있으니까
요."

하룬은 그제야 안심하고 찻잔을 받아 들었다.

그렇게 그들은 오후 내내 프런치 나무 그늘 아래에서
즐겁게 수다를 떨었다.

"그럼 먼저 일어나 볼게요."

"마오도 늦으면 아버지한테 혼나서, 먼저 가 볼게
요!"

"그래, 다음에 보자. 그럼 쉐도우 소드는…… 벌써 갔
나."

모두들 인사하며 자리를 떠나자 프런치 나무에 남은
건 하룬과 여제 둘뿐이었다.

그 둘이 남자 즐겁고 활기찼던 공기는 어느새 무거워
져 있었다.

"하, 하하. 저기요, 사라……."

"그만되었다."

"그……."

"내 앞에선 연기할 필요 없다, 하룬."

"……후우, 죄송해요, 여제님. 긴장돼 죽는 줄 알았어요."

연신 미소 짓고 있던 하룬은 갑자기 어깨를 축 늘어트리며 프런치 나무둥치에 기대앉았다.

정말 지쳤는지 그는 온몸이 땀으로 축축하게 젖어 있었다.

"연기하면 연기할수록 성일 군은 대단하다는 걸 뼈저리게 느껴요."

"그래도 꽤나 노력하고 있더구나. 아무도 눈치채지 못할 정도로."

"그렇게 말씀해 주시니 조금 안심이 되네요."

여제 칭찬에 마음이 놓인 건지 하룬은 슬쩍 웃었다.

여제는 그런 하룬을 잠시 내려다보다 다시 입을 열었다.

"하룬, 어째서 너는 성일을 연기하는 것이냐."

그 질문에 하룬은 프런치 나무 그늘 틈으로 하늘을 올려다보았다.

"모든 게 성일 군이 일군 노력이니까요."

"그렇다고 네 자신을 버릴 필요는 없다. 성일은 네게 그런 걸 원한 게 아니다."

"알아요. 그러면 제 본모습으로 살아가 주길 바라겠죠. 하지만 말이죠. 모두가 원하는 하룬은 제가 아니라 성일 군이에요. 그러니까 지금은 이걸로 괜찮아요. 후에 천천히, 천천히 저를 알릴 생각이에요. 모두가 저를 인정할 수 있도록."

"완고하긴. 너도 과거완 많이 달라졌구나."

"그럴 수밖에요. 그동안 쭉 성일 군을 지켜봐 왔는걸요. 저는 그래서 안타까워요. 당신과 성일 군이……."

"그 말은 되었다."

여제는 하룬의 말을 뚝 잘라 버렸다.

"그래도 여제님은 아직 포기하지 않으셨잖아요."

"포기한다면 그걸로 끝이라고 누구에게 들어서 말이지."

여제는 그리 말하며 아주 미세하게 입꼬리를 올렸다.

하룬은 그런 여제를 보며 아주 조금이지만, 질투심을 느꼈다.

"그보다 너야말로 아이샤 영애에게 고백은 아직인 게냐."

"우왁! 갑자기 무슨 말씀이세요!"

"여지 껏 기다리고 있던데, 미적지근함은 성일과 다를 게 없구나."

"제, 제가 알아서 해요! 여제님이야말로 신경 쓰지 마세요!"

하룬이 당황해 외치자 여제는 다시 작게 미소 지었다.

"웃차."

"가시는 건가요."

"그래, 이쯤이면 여기도 오래 머물렀지."

"그건 불가능한 일이에요."

"설령 백 년, 이백 년이 걸릴지라도, 그래도 그것이 불가능할지라도 해야만 한다. 그와 약속했으니까."

헤어지기 직전에 성일과 한 불가능한 약속.

그것이 이뤄질 수 있을 리가 없음에도 그녀는 약속을 이행하려 하고 있었다.

"이 세상엔 정해진 운명이란 없다. 그걸 성일이 직접 보여 주지 않았더냐."

"……하긴, 그랬죠."

하룬은 어째선지 그 말이 납득되었다.

직접 실현한 사람을 쭉 지켜봐 왔었으니까.

여제는 허리춤에 차고 있던 윈드 소드를 뽑아 검신을 바라보며 말했다.

"나 또한 기다리는 타입이 아니다. '앞만 보고 전진하자' 그의 신념처럼 이번엔 내가 운명을 바꾸겠다."

"여제님……."

하룬은 확고한 의지로 말하는 여제를 올려다보며 당시 기억의 파편 속에 남아 있는 여제와 성일의 대화를 떠올렸다.

"거기서 기다리거라. 이번엔 내가 널 찾아가마. 설령 백 년, 이백 년이 지난다 할지라도 기필코 너를 찾아가마."

"언제까지고, 평생 동안 사라를 기다릴게요. 설령 백 년, 이백 년이 지난다 할지라도 저는 사라를 사랑합니다."


애절한 두 사람의 목소리.

하룬은 아직도 여운이 남는 당시의 대화를 기억해 내며 생각했다.

여제는 정말 성일을 찾아갈지도 모른다고.

차원을 넘어 둘의 운명의 실이 다시 엮일지도 모른다고.


〈『운명을 바꾸다』完〉

## 후기

안녕하세요, 어둠의조이입니다.

이 글에서 제가 나타내고 싶었던 것은 단 하나 제목과 같이 '운명을 바꾸다'입니다.

그래서 처음부터 끝까지 성일로 하여금 운명을 시험받게 되고 성일은 그것을 거부하며 타파해 나갑니다.

이 글을 쓰며 저도 운명이란 것을 깊이 생각해 보게 되었습니다.

과연 운명이란 무엇일까, 운명이 정해져 있는 것이라면 어찌 대처해야 할까.

다 부질없는 상상에 불과하지만 이 글을 작성하며 특이한 주제에 대해 생각하며 즐겁게 마침표를 찍을 수 있었습니다.

부끄럽지만 이 글을 읽고 운명이란 것을 단 한 번이라도 생각해 보셨다면 이 글은 성공이라 감히 말할 수 있을 것 같습니다.

비록 짧은 완결이지만 글속에 빠져들어 즐겁게 읽어주었기를 바라며 이만 글을 마칩니다.

다음 작품에서 뵙겠습니다.

—어둠의조이

# 도서출판 뿔미디어 홈페이지 OPEN*!!*

안녕하세요.

지금껏 저희 뿔미디어를 응원해 주신

독자님들의 성원에 힘입어

이번에 새롭게 홈페이지를 오픈하였습니다.


저희 뿔미디어는 홈페이지에서 독자님들께서

보다 빠른 출간 소식과 미리보기 등

알찬 내용을 제공하기 위해 많은 노력을 기울였습니다.

또한 독자님들에게 도서 할인, 이벤트 등

다양한 혜택을 제공하고자 합니다.


저희 뿔미디어 홈페이지 오픈을 계기로

한층 더 독자님들과 가까워질 수 있는 기회가 되었으면 합니다.


보다 많은 관심과 사랑 부탁드리며,

앞으로도 더 좋은 컨텐츠 제공에 힘쓰도록 하겠습니다.


감사합니다.

-도서출판 뿔미디어 올림-

 www.bbulmedia.com

www.bbulmedia.com

www.bbulmedia.com